피그말리온

피그말리온

Pygmalion

조지 버나드 쇼 희곡 김소임 옮김

PYGMALION
by GEORGE BERNARD SHAW (1913)

이 책은 실로 꿰매어 제본하는 정통적인 사철 방식으로 만들어졌습니다.
사철 방식으로 제본된 책은 오랫동안 보관해도 손상되지 않습니다.

음성학 교수

나중에 보게 되듯이 「피그말리온」에는 서문이 아니라 후일담이 필요하며, 난 적절한 위치에 그것을 제공했다.

영국인들은 자신의 언어에 대한 존중심이 없으며, 자녀들에게 말하는 법을 가르치려 하지도 않는다. 그들은 철자도 제대로 쓰지 못한다. 자음만이 발음과 일치하는, 외국에서 들어온 오래된 알파벳밖에는 표기할 방법이 없기 때문이다. 따라서 읽으면서 소리를 어떻게 내야 하는지 아무도 혼자서는 배울 수가 없다. 그리고 어떤 영국인이라도 다른 영국 사람으로 하여금 자신을 싫어하거나 경멸하게 하지 않으면서 입을 여는 것은 불가능하다. 대부분의 유럽 언어의 경우 외국인도 글자는 쉽게 읽을 수 있다. 영어와 프랑스어는 영국인과 프랑스인도 읽기 쉽지 않은 언어. 오늘날 영국에 필요한 개혁가는 에너지가 넘치고 열성적인 음성학자인 것이다. 그것이 내가 그런 사람을 이 대중극의 주인공으로 만든 이유이다.

지난 시간 동안 그들은 광야에서 울부짖고 있었다. 나는 1870년대 말에 이 주제에 대해 관심을 갖게 되었다. 그건 음성 기호의 체계를 발명한 저명한 알렉산더 멜빌 벨이 캐나다로 이민을 가고, 그의 아들이 그곳에서 전화기를 발명했을 무렵이었다. 알렉산더 J. 엘리스는 여전히 런던에서 가부장으로 군림하고 있었다. 그는 인상적인 두상을 벨벳으로 된 스컬 캡으로 항상 가리고 다녔는데 공식적인 모임에선 그것에 대해 아주 예의 바르게 양해를 구하곤 했다. 그와 또 다른 음성학 전문가인 티토 파글리아르디니는 싫어할 수 없는 사람들이었다. 젊은 축에 들었던 헨리 스위트는 그들이 지닌 온화한 성격을 갖지 못했다. 그는 전통적인 도덕에 대해서 입센이나 새뮤얼 버틀러 수준으로 우호적이었다.[1] 음성학자로서 그는 뛰어난 능력으로(그는 그 분야에서 최고였다고 생각한다) 공식적으로 크게 인정받았고, 그의 전공 분야를 대중화시킬 수도 있었다. 그가 음성학보다 그리스어를 더 중요시하는 모든 학문 분야의 고위층과 일반 대중을 극도로 경멸하지 않았다면 말이다. 사우스켄싱턴에서는 대영 제국의 기관들이 떠오르고 조지프 체임벌린[2]이 번성하던 시절, 나는 선도적인 월간지의 편집장에

---

1 노르웨이의 극작가 헨리크 입센Henrik Ibsen(1828~1906)과 영국의 소설가인 새뮤얼 버틀러Samuel Butler(1835~1902)는 중산층을 날카롭게 비판했으며 쇼의 희곡에 많은 영향을 주었다.

게 스위트에게 음성학의 국가적 중요성에 대한 원고를 부탁하라고 권고했던 적이 있다. 그 원고가 도착했는데, 그것은 문학과 어학 교수들을 무자비하게 조롱 섞어 공격하는 내용이었다. 그는 그 교수들의 자리가 음성학 전문가들에게만 적합한 것이라고 생각하고 있었다. 그 원고는 명예 훼손에 대한 우려로 게재할 수 없었다. 그래서 나는 그가 세상의 주목을 받았으면 하는 꿈을 포기해야만 했다. 훗날 몇 년 만에 처음으로 그를 만났을 때, 충분히 사람들에게 인정받을 만한 젊은이였던 그가 심하게 조롱을 당한 탓에 모습이 바뀌어 옥스퍼드 대학과 그 전통을 전적으로 부인하는 인물이 되었다는 놀라운 사실을 알게 되었다. 그는 거기서 음성학 강사 자리에 겨우 들어가기는 했지만 거의 혼자나 다름없었던 게 분명했다. 음성학의 미래는 아마도 그가 믿고 키우는 학생들에게 달려 있을 것이다. 하지만 어떤 것도 그 자신으로 하여금 옥스퍼드 대학에 숙이고 들어가게 하지는 못했다. 그럼에도 불구하고 그는 강렬하게 옥스퍼드적인 방식을 보였고, 그 대학과 신성한 권리로 연결되어 있었다. 그가 논문이라도 남긴다면, 그 논문들은 50년이 지난 후에야 파괴적인 결과 없이 출판 가능한 풍자들을 포

---

2 Joseph Chamberlain(1836~1914). 영국의 정치가. 사회 개혁주의와 제국주의가 묘하게 혼합된 인물이다. 사우스켄싱턴에 대영 제국의 기관들이 떠오르고 체임벌린이 번성하던 시기는 19세기 후반을 말한다.

함하고 있을 것이다. 내 생각에 그는 절대로 성격이 나쁜 사람이 아니다. 나는 그 반대라고 주장한다. 하지만 그는 어리석은 사람들을 용납하지 않았다. 그리고 그에게는 열성적인 음성학자를 제외한 모든 학자들이 어리석어 보였다.

그를 아는 사람은 이 작품의 3막에서 그가 엽서를 쓸 때 사용하곤 했던 커런트 속기[3]가 언급된 것을 알아차렸을 것이다. 클래런던 출판사[4]에서 출간된 지침서는 4파운드 6페니면 구입할 수 있을 것이다. 히긴스 부인이 묘사한 우편엽서는 내가 스위트에게서 받은 것과 같은 것이다. 나는 코크니[5]로는 〈zerr〉로 발음되고 프랑스인들은 〈seu〉라고 발음하는 소리를 해독해야만 했다. 그리고 도대체 이게 무슨 의미인지 열심히 따지면서 글로 표기해야 했다. 스위트는 나의 아둔함에 대해서 끝없는 멸시를 보이며, 그 단어는 〈result〉를 의미하며 그 외의 다른 단어는 생각할 필요도 없다고 응수할 것이다. 왜냐하면 문맥에 맞으면서 그런 음을 내는 다른 단어는 없기 때문이다. 자신보다 전문성이 떨어지는 사람들에게는 더 많은 암시를 주어야 한다는 것을 그는 참아 내지 못

3 스위트가 발명한 속기법. 1884년에 작업이 시작되어 1892년에 출판되었다.
4 옥스퍼드 대학교의 출판사. 클래런던Clarendon 백작(1609~1674)의 이름을 따서 설립되었다.
5 런던의 노동자 계층이 쓰던 독특한 발음의 방언을 말한다.

했다. 그의 커런트 속기의 요점은 언어의 모든 소리를, 자음뿐 아니라 모음까지도 완벽하게 표현할 수 있으며, *m, n, u, l, p, q*를 쓸 때와 같이 평이하게 흘려 쓰는 글씨체 이상의 획을 사용할 필요도 없다는 것이다. 편한 대로 어떤 각도로든 갈겨쓰면 되는 것이다. 그렇지만 그는 불행하게도, 자신의 탁월한 원고를 속기로 써야겠다고 결심했고, 결국 실제로 썼을 때는 도저히 독해가 불가능한 암호문이 되었다. 그의 진정한 목적은 우리의 언어를 위한 완전하고, 정확하며, 읽을 수 있는 활자를 제공하는 것이었다. 하지만 그는 인기 있던 피트먼 속기[6]를 위험한 시스템이라 부르며 경멸함으로써 그 가능성을 놓쳐 버렸다. 피트먼의 승리는 비즈니스 조직의 승리였다. 피트먼을 배우라고 설득하는 주간지가 있었고, 싼 교재와 연습 서적, 베껴 쓸 수 있는 연설 원고와 경험 있는 교사들이 필요한 만큼 숙달될 수 있게 지도하는 학교들도 있었다. 스위트는 그런 방식으로 시장을 조직할 수 없었다. 그는 아마도 아무도 듣지 않는 예언서를 찢어 버리는 예언자 시빌[7]이 되는 편이 나았을 것이다. 그의 친필을 석판 인쇄한 4파운드 6페니짜리 지침서는 통속적인 방법으로 홍보된 적이 전혀 없는데, 언젠가는 「타임스」

---

6 아이작 피트먼Isac Pitman(1813~1897) 경이 발명한 속기법.
7 Sybil. 그리스 신화에 나오는 여성 예언자. 신화에는 열 명의 시빌이 여러 지방에 살고 있다.

가 브리태니커 사전을 홍보해 주듯이 어느 기업체가 인수해 대중에 밀어붙일지도 모른다. 하지만 그때까지는 절대로 피트먼을 이길 수 없을 것이다. 나는 살면서 그 책을 세 권 샀다. 그리고 출판사로부터 은둔하고 있는 이 책이 여전히 변함없고, 양호한 상태라는 말을 들었다. 나는 실제로 그 방법을 몇 차례 공부했다. 하지만 지금 내가 이 글을 쓸 때 사용하고 있는 속기법은 피트먼의 것이다. 그 이유는 내 비서가 피트먼 속기를 가르치는 학교에서 공부해야만 했기에 스위트의 것을 해독하지 못하기 때문이다. 미국에서 나는 상업적으로 체계화된 그레그 속기[8]를 사용할 수 있었다. 그 속기법은 스위트의 것에서 힌트를 얻은 것이다. 문자를 피트먼의 것처럼 기하학적으로 그리는 대신에 사람이 쓸 수 있게(스위트가 〈흘려 쓴〉[9]이라고 부르는) 만들었다는 점이 그것이다. 하지만 스위트의 것을 포함해서 모든 속기법은 완전하고 정확한 철자법과 언어 분절이 불가능한 축어적 표기를 함으로써 망가져 버렸다. 완전하고 정확한 음성학적 표기는 실현 가능하지도 않고 일상적으로 사용할 때 필요하지도 않다. 하지만 우리가 알파벳을 러시아어처럼 확장할 수 있고, 우리의 철자법을 스페인어처럼 발

8 존 로버트 그레그John Robert Gregg(1867~1948)가 발명한 속기 체계로 미국에서 널리 사용된다.

9 *current*. 〈흘려 쓴, 초서체의〉라는 의미가 있다.

음과 어울리게 만들 수 있다면, 큰 발전을 이룰 수 있을
것이다.[10]

「피그말리온」의 히긴스는 스위트를 그린 것은 아니
다. 스위트에게는 일라이자 둘리틀의 경우와 같은 모험
이 가능하지 않을 것이다. 그래도 보는 바와 같이, 연극
에는 스위트의 흔적이 나타난다. 히긴스의 외모와 기질
을 가졌다면 스위트는 템스 강에 불을 질렀을 것이다.
그는 학문적으로 유럽에서 너무나 큰 인상을 남겼기에
영국에서의 상대적인 무명의 처지, 그리고 옥스퍼드에
서의 실패를 만회하고 본인의 명성을 되찾을 수 있게 되
었다. 그 분야의 외국 전문가들에게는 그 일이 이해할
수 없는 수수께끼와 같은 것이었다. 나는 옥스퍼드를 비
난하지 않는다. 왜냐하면 나는 옥스퍼드가 그의 자녀들
에게 어느 정도의 사회적인 공손함을 요구하는 것(요구
가 지나치지 않다는 것은 하늘도 알고 있다!)은 정당하
다고 생각하기 때문이다. 또한 심각하게 저평가된 주제
를 다루고 있는 천재가, 그것을 저평가하며, 독창성도
없고, 때로는 할 능력도 없으면서 그다지 중요하지 않은
주제들을 내세우고, 그것에 최고의 자리를 부여하는 사
람들과 평화롭고 친근한 관계를 유지하는 것이 어렵다

10 러시아에서 사용하는 키릴 알파벳은 그리스 알파벳이 담아내지
못하는 소리들도 표현할 수 있다. 쇼는 영어에도 이와 같이 확장된 알파
벳이 필요하다고 주장하고 있다.

는 것도 알고 있다. 하지만 그래도 스위트가 분노를 보이고 무시함으로써 그들을 질리게 만든다면, 스위트도 그들이 그에게 명예를 안겨 주리라고 기대할 수는 없는 것이다.

나는 후대 음성학자들에 대해서는 잘 알지 못한다. 그들 중에는 로버트 브리지스[11]가 탁월하다. 히긴스의 밀턴적 공감은 그에게서 빌려 왔을 수도 있다. 하지만 나는 역시 어떤 모사도 부인한다. 하지만 이 극이 대중들로 하여금 음성학자라는 사람들이 있으며, 그들이 현재 영국에서 가장 중요한 사람에 속한다는 것을 알게 한다면, 이 극은 그 역할을 다하는 것이다.

나는 「피그말리온」이 영국에서뿐 아니라 유럽과 북미 전역에서, 무대에서뿐 아니라 영화로도 큰 성공을 거두었다고 자랑할 수 있었으면 좋겠다. 이 작품은 고의적으로 교훈적이며, 주제 또한 매우 무미건조한 것으로 평가받고 있기 때문에, 나는 예술은 결코 교훈적이어서는 안 된다는 소리를 앵무새처럼 반복하는 현명한 척하는 자들의 머리 위에 기쁘게 이 극을 던지겠다. 이 극은 위대한 예술은 교훈적인 것이라는 나의 주장을 증명할 것이다.

마지막으로, 억양 때문에 고위직에서 배제되는 고통

11 Robert Bridges(1844~1930). 밀턴 학자이면서 영국의 시인으로 표기법 개혁의 주창자였다.

을 당하는 사람들을 격려하기 위해서, 히긴스 교수가 꽃 파는 소녀에게서 이루어 낸 변화는 불가능하지도 않고, 드문 일도 아니라는 말을 덧붙이고 싶다. 프랑세즈 극장에서 「뤼 블라」[12]의 스페인 여왕을 연기함으로써 야망을 성취한 수위의 딸은 모국어의 껍질을 벗고 새로운 언어를 습득한 수천 명의 남녀 중 하나일 뿐이다. 웨스트엔드 가게의 점원들과 가정의 하인들은 2개 국어를 사용한다. 하지만 그 일은 과학적으로 이루어져야만 한다. 그렇지 않으면 야망을 품은 사람이 이루어 낸 최종 상태가 처음의 것보다 못할 수도 있기 때문이다. 거짓 없는 슬럼의 언어가 음성학적으로 훈련받지 못한 사람이 재벌을 흉내 내는 것보다는 참을 만하기 때문이다. 이 책을 읽는 야심 찬 꽃 파는 소녀들은 배우지도 않고 모방만 함으로써 멋진 숙녀 행세를 할 수 있을 거라고 생각해서는 안 된다. 그들은 음성학 전문가에게 알파벳을 다시, 다르게 배워야 한다. 모방은 그들을 우스꽝스럽게 만들 뿐이다.

---

12 Ruy Blas(1838). 프랑스 작가 빅토르 위고Victor Hugo(1802~1885)의 회곡으로 하인이 왕비와 사랑에 빠지는 내용이다.

기술자를 위한 노트: 이 책에 인쇄된 작품을 완벽하게 재현하는 것은 영화나 기술적으로 매우 정교한 무대 장치가 갖추어진 무대에서나 가능하다. 평범한 극장에서는 별표로 구분된 장면들은 생략해야 할 것이다.

대사에서 거꾸로 된 〈*e*〉는 때로는 모호한, 중간 음으로 불리는 명료하지 않은 모음을 나타낸다.[13] 영어로 하는 대화에서 가장 흔하게 들을 수 있는 소리지만 우리의 초라한 알파벳에는 그것을 나타내는 글자가 없다.

---

13 음성학에서는 여기에 언급된 중설 중모음(ə)을 〈슈와*schwa*〉라고 부른다. 이 책에서는 〈어〉로 표기했다.

제1막

밤 11시 15분의 런던. 여름비가 퍼부어 내리고 있다. 사방에서 택시를 부르는 호루라기 소리가 요란하게 들려온다. 보행자들은 세인트폴 교회(렌 성당이 아니라 코번트 가든의 야채 시장에 있는 이니고 존스 교회) 처마 밑으로 비를 피해 뛰어든다.[1] 사람들 중에는 야회복을 입은 부인과 딸이 있다. 모두 우울하게 비를 응시하고 있다. 한 사람만 예외로, 다른 사람들에게 등을 돌린 채 공책에 메모를 하는 데 완전히 몰입해 있다.

교회의 시계가 15분을 알린다.

1 크리스토퍼 렌Sir Christopher Wren(1632~1723)과 이니고 존스 Inigo Jones(1573~1652)는 건축가다. 렌이 설계한 교회는 유명한 세인트폴 대성당으로 런던에서 가장 높은 언덕인 루드게이트 힐에 있다. 코번트 가든은 런던의 웨스트엔드 동쪽 끝자락, 세인트마틴 레인과 드루어리 레인 사이에 자리하고 있는데 17세기부터 야채 시장이 들어섰다. 근처에는 왕립 극장이 있다.

딸 (중앙에 있는 두 개의 기둥 사이, 왼쪽에 있는 기둥에 가깝게 붙어 서서) 추워 죽겠네. 프레디는 여태까지 뭐 하는 걸까? 간 지 20분이나 됐잖아.

어머니 (딸의 오른편에서) 그렇게 오래되지는 않았어. 하지만 지금쯤이면 택시를 잡아타고 왔어야 하는데.

행인 (부인의 오른편에서) 11시 30분까지는 택시를 못 잡을 겁니다, 부인. 그때가 되어야 극장 손님들을 내려 주고 돌아오거든요.

어머니 하지만 우리는 택시를 잡아야 해요. 여기서 11시 30분까지 기다릴 수는 없어요. 그건 너무 심하네요.

행인 그게 제 잘못은 아닙니다요, 부인.

딸 프레디의 수완이 조금만 좋았어도 극장 문 앞에서 잡았을 텐데.

어머니 그 앤들 무슨 수가 있겠니?

딸 다른 사람들은 택시를 잡았잖아요. 프레디는 왜 못해요?

프레디가 사우샘프턴 거리[2] 쪽에서 비를 뚫고 달려와 물이 떨어지는 우산을 접으며 그들 사이로 들어온다. 스무 살쯤 된 젊은이로 야회복을 입었고 발목 주변이 많이 젖어 있다.

딸 그래, 택시 잡았어?

[2] 코번트 가든의 동남쪽에 위치한 거리.

프레디 아무리 애를 써도 한 대도 없었어.

어머니 이런, 프레디, 한 대는 있었을 거야. 너는 노력을 하지 않았어.

딸 너무 피곤해. 우리가 직접 가서 잡으라는 거야?

프레디 다 임자가 있더라니까. 비가 너무 갑자기 와서 그래. 아무도 준비를 못 했고, 모두 택시를 타야 하잖아. 차링크로스까지 갔다가, 거의 루드게이트 서커스까지 갔었는데 모두 손님이 타고 있더라고.[3]

어머니 트라팔가 광장[4]에는 가봤니?

프레디 트라팔가 광장에는 한 대도 없었어요.

딸 가보기는 했어?

프레디 차링크로스 역까지 갔었다니까. 넌 나보고 해머스미스[5]까지 가라는 거니?

딸 오빠는 전혀 노력을 하지 않았어.[6]

어머니 정말 한심하구나, 프레디. 가서 택시를 발견할 때까지는 돌아오지 마라.

프레디 쓸데없이 비만 쫄딱 맞을 거예요.

딸 그럼 우리는? 밤새도록 얇은 옷을 입고 이 비를 맞

3 차링크로스는 런던의 기차역이다. 루드게이트 서커스는 프레디가 얼마나 많이 걸었는지 알려 준다.
4 런던 중심부에 위치한 광장으로 관광객들이 가장 많이 찾는 곳 중 하나다.
5 트라팔가 광장보다 10킬로미터 이상 서쪽에 있다.
6 후일담에서 클라라가 일라이자와 동년배인 것으로 명시된바, 여기서는 프레디를 오빠로 부르기로 한다.

으며 여기 서 있으란 말이야? 이 이기주의자 같으니라고…….

프레디 아, 알았어. 갈게, 간다니까. (프레디는 우산을 펼치고 스트랜드 거리 쪽으로 달려가다가, 비를 피해 달려오는 꽃 파는 소녀와 부딪쳐, 꽃바구니를 떨어뜨리게 만든다. 눈부신 번개와 바로 뒤따른 요란한 천둥소리가 이 사건과 공명한다)

꽃 파는 소녀 자자, 프레디, 좀 보고 다니시지유.

프레디 미안. (급하게 간다)

꽃 파는 소녀 (흩어진 꽃들을 주워서 바구니에 다시 담으며) 무슨 매너가 저 모양이여! 제비꽃 두 다발이 진흙탕에 처박혀 망가졌구먼. (소녀는 부인의 오른편, 기둥의 받침대에 앉아서 꽃을 고른다. 그녀는 절대 매력적인 인물이 아니다. 열여덟 살이나 스무 살쯤 되어 보이는데, 그 이상으로는 보이지 않는다. 검은 짚으로 된 자그마한 선원용 모자를 쓰고 있다. 오랫동안 런던의 먼지와 매연을 맞으며, 거의 솔질 한 번 한 적이 없다. 머리도 감아야 하는 상태다. 머리칼의 회색빛은 본래의 색이 아니다. 그녀는 거의 무릎까지 내려오고 허리가 들어간 재생 털실로 짠 검은색 코트를 입고 있다. 그리고 갈색 치마에 거친 감으로 된 앞치마를 두르고 있다. 장화는 너무 낡았다. 할 수 있는 한 틀림없이 깨끗하게 꾸몄으나 다른 숙녀들과 비교하면 매우 더럽다. 그녀의 용모는 숙녀들보다 못

하지 않지만 개선해야 할 게 많다. 그리고 치과 치료가 필요한 상태다)

어머니 내 아들 이름이 프레디인 걸 어떻게 알지?

꽃 파는 소녀 아, 저 사람이 아줌니 아들이에유? 글씨, 아줌니가 에미 노릇을 지대로 했더라면, 저 인간이 불쌍한 여자애의 꽃을 다 망쳐 놓고 돈도 안 주고 도망치지는 않았겠지유. 물어 줄 거지유? (여기서부터, 미안하지만 런던 이외의 지역에서는 이해가 불가능한 그녀의 사투리를 발음 기호도 없이 재현하고자 하는 필사적인 시도를 포기하기로 한다)

딸 그러지 말아요, 엄마. 말도 안 돼!

어머니 가만있어라, 클라라. 너 잔돈 가진 것 있니?

딸 아니요. 6펜스짜리보다 작은 것은 없어요.[7]

꽃 파는 소녀 (희망을 가지고) 6펜스짜리도 거슬러 드릴 수 있어요, 사모님.

어머니 (클라라에게) 여기 줘봐. (클라라, 마지못해서 건네준다) 자, (소녀에게) 꽃 값이다.

꽃 파는 소녀 감사합니다, 사모님.

딸 거스름돈 달라고 해요. 저 꽃들은 한 다발에 1페니밖에 안 해요.

어머니 잠자코 있어, 클라라. (소녀에게) 잔돈은 가져도

---

7 영국에서는 화폐 개혁 전에 태너*tanner*라고 불리는 6펜스짜리 동전이 사용되었다.

된다.

꽃 파는 소녀 아, 감사합니다, 사모님.

어머니 이제 저 젊은 신사의 이름을 어떻게 알았는지 말해 보렴.

꽃 파는 소녀 몰랐어요.

어머니 네가 이름을 부르는 걸 들었다. 날 속이려고는 하지 마라.

꽃 파는 소녀 (항변하면서) 누가 속이려고 해요? 저는 사람들이 낯선 사람에게 친하게 굴 때 그러듯이, 그냥 프레디나 찰리라고 부른 거예요.

딸 6펜스 날렸네! 엄마는 참, 프레디를 의심하지 말았어야죠. (지겹다는 듯이 기둥 뒤로 물러난다)

온화한 군인 타입의 나이 든 신사가 비를 피하기 위해 뛰어 들어와서 물이 떨어지는 우산을 접는다. 프레디와 마찬가지로 발목이 흠뻑 젖어 있다. 그는 야회복을 입고 얇은 외투를 걸치고 있다. 그는 부인의 딸이 비워 준 자리를 차지한다.

신사 어휴!

어머니 (신사에게) 비가 그칠 기미가 있나요?

신사 없는 것 같아요. 2분 전부터 더 심하게 내리기 시작했어요. (꽃 파는 소녀 옆, 기둥 받침대로 가서 발을 올

려놓더니, 접은 바지 밑단을 내리려고 몸을 구부린다)

어머니 이런! (낙심해서 물러나 딸에게로 간다)

꽃 파는 소녀 (군인 신사와 가까이 있다는 것을 이용해, 친분을 만들려 하면서) 더 심하게 내린다는 건, 거의 끝나간다는 징조예요. 그러니 기운 내세요, 장군님. 그리고 이 불쌍한 소녀의 꽃을 사주세요.

신사 미안하구나, 잔돈이 없단다.

꽃 파는 소녀 거스름돈은 드릴 수 있어요, 장군님.

신사 1파운드짜리 금화인데? 그보다 작은 돈은 없구나.

꽃 파는 소녀 저런! 꽃을 사세요, 장군님. 반 크라운은 바꿔드릴 수 있어요.[8] 이거 2펜스에 가져가세요.

신사 귀찮게 굴지 마라, 착하지. (주머니를 뒤지면서) 정말 잔돈이 없단다. 잠깐, 여기 반 페니짜리 동전 세 개가 있다. 그게 소용이 있다면 말이지. (다른 기둥으로 물러난다)

꽃 파는 소녀 (실망했지만 아무것도 못 받는 것보다 반 페니짜리 세 개가 낫다고 생각하고는) 고맙습니다, 어르신.

행인 (소녀에게) 너 조심해라. 신사 양반에게 대가로 꽃을 드리도록 해. 저 뒤에서 어떤 사람이 네가 하는 그

---

8 1971년 십진법으로 바뀌기 전 영국의 화폐 체계는 매우 복잡했다. 파운드, 크라운, 실링, 페니(펜스) 등 여러 단위가 있었다. 1파운드는 20실링, 1실링은 12펜스, 1기니는 21실링, 1크라운은 5실링 그리고 여기서 언급한 반 크라운은 2실링 6펜스이며, 2실링을 플로린이라고 부르기도 했다.

잘난 말 하나하나를 다 받아 적고 있다. (모두 받아 적
고 있는 사람에게로 몸을 돌린다)

꽃 파는 소녀 (겁에 질려서 펄쩍 뛰며) 신사 양반에게 말
을 건 게 무슨 잘못인가요. 보도 가장자리만 아니면
나는 꽃을 팔 권리가 있다고요. (이성을 잃고) 난 괜찮
은 아이예요. 그러니 도와주세요. 나는 저분께 꽃을
사달라는 말밖에는 안 했다고요.

시끌시끌한 소리. 대부분은 꽃 파는 소녀에게 동정적이
지만 그녀가 지나치게 예민한 것을 나무라기도 한다.

소리 지르지 마. 누가 너를 해친대? 아무도 너를 건드리
지 않아. 소란 떨어서 좋을 게 뭐야? 침착해라, 걱정 말고.
등등의 소리가 나이 든 점잖은 구경꾼들 사이에서 들려온
다. 그들은 소녀를 편안히 다독여 준다. 참을성이 없는 사
람들은 소녀에게 조용히 하라고 다그치거나 도대체 왜 그
러냐고 따져 묻는다. 멀리 떨어져 있던 사람들은 무슨 일인
지 모른 채 몰려들어, 묻고 대답하는 소리가 더 커진다.

왜 이렇게 야단이에요? 쟤가 무슨 짓을 했나요? 그 사람
이 어디 있지요? 탐정이 저 애 말을 받아 적었답니다. 뭐라
고요! 저 사람요? 그래요. 저기 있는 저 사람요. 신사 양반
에게서 돈을 빼앗았나 봅니다. 등등.

꽃 파는 소녀 (사람들을 뚫고 지나가 신사에게 가서 요란

하게 울면서) 선생님, 저 사람이 저를 잡아가지 못하게
해주세요. 그러면 제가 어떻게 되는지 모르시지요. 신
사 양반에게 말을 걸었다는 이유로 제 인격을 짓밟고
저를 길거리로 내몰 거예요. 저자들은…….

메모를 하던 사람 (소녀의 오른편으로 나오자 다른 사람들
이 그를 따라 모인다) 저기! 저기! 저기! 저기! 누가 너
를 해친다고 그러니, 이 바보 같은 계집애야? 도대체
날 뭘로 보는 거야?

행인 됐구먼그래. 저 양반은 신사야. 저 양반 부쓰 좀
보소. (메모를 하고 있던 사람에게 설명한다) 선상님, 저
애는 당신이 경찰 끄나풀인 줄 알았구먼유.

메모를 하던 사람 (곧 흥미를 보이면서) 경찰 끄나풀이
뭐요?

행인 (설명이 서툴다) 그게 말이유, 경찰 끄나풀이란 말
이요. 그러니까, 다른 말이 뭐가 있더라? 일종의 정보
원이지유.

꽃 파는 소녀 (아직도 흥분해서) 성경 책에다 대고 맹세
하는데 나는 한마디도 안 했다고요…….

메모를 하던 사람 (거만하기는 하지만 친절하게) 아, 조용
히 해, 조용히 하라고. 내가 경찰 같아 보이니?

꽃 파는 소녀 (전혀 안심을 하지 못하고) 그럼 왜 내가 하
는 말을 받아 적었어요? 내 말을 제대로 적었는지 어
떻게 알아요? 받아 적은 거 당장 보여 주세요. (메모를

하던 사람이 공책을 펴서 소녀의 코 밑에 갖다 댄다. 남
자의 어깨 너머로 그것을 읽으려는 군중들이 미는 바람
에 약한 사람은 넘어질 판이다) 이게 뭐예요? 제대로 된
글자가 아니잖아요. 못 읽겠어요.

메모를 하던 사람 나는 읽을 수 있지. (소녀의 발음을 정
확하게 재현하면서 읽는다) 〈기운 내세유, 장군님. 그리
고 불쌍한 소녀를 위해서 꽃 좀 사세유.〉

꽃 파는 소녀 (더 걱정이 돼서) 내가 저분을 장군님이라
고 불렀기 때문이군요. 나쁜 뜻이 아니었어요. (신사
에게) 아, 선생님, 저 사람이 그 말 때문에 나를 고발하
지 않게 해주세요. 당신은…….

신사 고발이라니! 나는 고발 같은 거 하지 않아. (메모
를 하던 사람에게) 여보시오. 정말이지, 당신이 형사고
저 소녀가 나를 귀찮게 했다고 하더라도 내가 부탁하
기 전까지는 나를 보호할 필요가 없어요. 저 애에게
나쁜 뜻이 없었다는 건 누구나 다 알 거요.

구경꾼들 거의 다 (경찰의 첩보 활동에 항의하며) 물론 그
렇지. 당신이 무슨 상관이오? 당신은 본인 일이나 신
경 쓰시오. 승진하고 싶어서 그러는 거로군. 다른 사
람의 말을 받아 적어서 말이야! 저 여자애는 저 사람
한테 한마디도 안 했어. 저 애가 무슨 해를 끼쳤다는
거야? 여자애가 이런 모욕을 당하지 않고는 비를 피
할 수도 없다니 참 좋은 세상이군. 등등. (소녀는 보다

동정적인 참가자들에게 이끌려 기둥 밑으로 돌아가 앉아서 감정을 추스른다)

행인 저 사람은 형사가 아니오. 그냥 지독한 참견쟁이일 뿐이오. 저 사람 신은 부쓰를 한번 보시오.

메모를 하던 사람 (다정하게 그 사람에게) 셸시[9]에 있는 당신 가족들은 어떻게 지내고 계시오?

행인 (의심스러워하며) 내 가족이 셸시 출신인 걸 누가 말해 줬소?

메모를 하던 사람 알 거 없소. 어쨌든 거기 살고 있잖소. (소녀에게) 어떻게 이렇게 동쪽까지 왔니? 너는 리슨 그로브[10]에서 태어났잖아.

꽃 파는 소녀 (놀라서 얼굴이 하얗게 질려) 내가 리슨 그로브를 떠난 게 무슨 잘못인가요? 거기는 돼지가 살 만한 곳도 못 돼요. 그리고 방세가 일주일에 4실링 6펜스나 되었다고요. (운다) 아, 엉, 엉, 엉……

메모를 하던 사람 살고 싶은 곳에 살아라. 하지만 그 시끄러운 소리는 그쳐.

신사 (소녀에게) 자, 자! 저분은 너를 건드리지 않을 거야. 너는 네가 살고 싶은 곳에 살 권리가 있단다.

냉소적인 행인 (메모를 하던 사람과 신사 사이에 끼어들

---

9 영국 남쪽 끝 한가운데 위치한 해안 도시.
10 빈민 지역으로 일라이자(꽃 파는 소녀)가 장사를 하는 코번트 가든의 북서쪽에 있다.

면서) 예를 들면 파크 레인 같은 부자 동네 말이죠. 난 당신하고 주택 문제에 대해서 토론하고 싶소.

꽃 파는 소녀 (바구니를 안고 우울한 생각에 빠져들면서, 기운 없이 혼잣말을 한다) 난 착한 애예요, 착한 애라고요.

냉소적인 행인 (소녀에게는 관심을 두지 않고) 내가 어디서 왔는지 알겠소?

메모를 하던 사람 (재빨리) 혹스턴이오.

냉소적인 행인 (놀라서) 이런, 누가 아니라고 하겠소? 맙소사! 당신은 정말이지 모든 걸 다 아는군요.

꽃 파는 소녀 (여전히 상처받은 것을 달래면서) 나한테 간섭할 이유는 없어요, 이유가 없다고요.

행인 (소녀에게) 물론 없지. 저 사람은 상관 말아라. (메모를 하던 사람에게) 여기 보시오. 당신한테 참견도 않는 사람들에 대해서 알려고 하는 이유가 뭡니까?

꽃 파는 소녀 마음대로 말하게 놔두세요. 저분에게 상관하고 싶지 않아요.

행인 너는 우리를 네 신발 밑창에 있는 때로밖에 생각 안 하는구나? 신사 양반이랑 맞먹은 것 가지고 잡아가게 해야겠구나.

냉소적인 행인 그래, 계속해서 점을 치고 싶으면 저 양반이 어디서 왔는지 말해 보시구려.

메모를 하던 사람 첼튼엄에서 태어나, 해로우에서 중학교를 다니고, 케임브리지 대학을 나와서 인도에서 근

무했죠.[11]

신사 바로 맞혔소.

큰 웃음소리. 메모를 하던 사람의 편을 드는 반응들이 나온다. 모든 걸 다 아는구먼. 저분에 대해서 정확하게 맞혔어. 저 신사 양반이 어디 출신인지 맞히는 것을 들었어? 등등.

신사 실례지만 선생은 이런 일을 공연장 같은 데서 생업으로 하시오?

메모를 하던 사람 생각을 해보긴 했습니다. 언젠가는 그럴 겁니다.

비가 그쳤다. 군중들 중 바깥에 있던 이들이 흩어지기 시작한다.

꽃 파는 소녀 (사람들의 반응에 대해 화를 내면서) 저 양반은 신사가 아니에요. 불쌍한 여자애나 방해하고…….

딸 (더 이상 참지 못하고, 무례하게 앞으로 밀치고 나가서 신사의 자리를 차지한다. 신사는 점잖게 기둥의 다른 쪽으로 물러선다) 도대체 프레디는 뭐하는 거야? 이 빗

---

11 피커링(신사)의 출신과 훌륭한 이력을 드러내고 있다. 또 후에 피커링이 칼튼 호텔에 머문다는 말이 나오는 것으로 봐서 그가 재산가임을 알 수 있다.

속에 더 서 있다가는 폐렴에 걸리겠어.

메모를 하던 사람 (〈렴〉이라는 발음을 재빨리 적으면서 혼
잣말로) 얼스코트.

딸 (거칠게) 그런 무례한 말은 안 들리게 하세요.

메모를 하던 사람 내가 크게 말했나요? 그러려던 건 아
니었어요. 죄송합니다. 어머니는 엡솜 출신이시죠, 확
실합니다.

어머니 (딸과 메모를 하던 사람 사이로 나와서) 별난 일
도 다 있네! 나는 엡솜 근처의 라지레이디 파크에서
자랐답니다.

메모를 하던 사람 (아주 신이 나서) 하! 하! 무슨 이름이
그렇게 이상하죠? 실례합니다. (딸에게) 택시 잡으려
고요?

딸 나한테는 말도 걸지 말아요.

어머니 제발, 클라라. (딸은 화가 나서 어깨를 들썩하면서
항의하더니 거만하게 물러난다) 택시를 잡아 주신다면
정말 고맙겠네요. (메모를 하던 사람이 호루라기를 꺼
낸다) 아, 고맙습니다. (딸에게로 간다)

메모를 하던 사람이 날카롭게 호루라기를 분다.

냉소적인 행인 저것 봐! 저 사람이 사복 경찰인 걸 알았
다니까.

행인 저건 경찰 호각이 아니라 경기용 호각이오.

꽃 파는 소녀 (여전히 상처받은 감정에 사로잡혀서) 저 사
람에게 내 인권을 빼앗아 갈 권리는 없어요. 나도 인
격이 있는 숙녀라고요.

메모를 하던 사람 아시는지 모르겠지만, 비는 2분 전에
그쳤답니다.

행인 그렇군요. 그렇다고 왜 진작 말하지 않았소? 당신
의 바보 같은 소리를 들으면서 시간 낭비하지 않게 말
이오! (그는 스트랜드 거리 쪽으로 걸어간다)

냉소적인 행인 난 당신이 어디 출신인지 알 수 있수. 당
신은 안웰 정신 병원에서 왔지요. 거기로 돌아가슈.

메모를 하던 사람 (도와주려고) **한**웰이죠.

냉소적인 행인 (발음에 큰 차이가 있다는 듯이) 고맙습니
다, 선생. 허허! 잘 계시오. (존경하는 척 모자에 손을
대더니 사라진다)

꽃 파는 소녀 사람을 저렇게 놀라게 하다니! 어떻게 그
럴 수가 있죠?

어머니 이제 날씨가 괜찮아졌구나, 클라라. 버스가 있
는 데까지 걸어갈 수 있겠다. 가자. (치마를 발목 위로
모아 쥐고서 서둘러 스트랜드 거리로 향한다)

딸 하지만 택시는……. (어머니가 듣지 못한다) 아이, 지
겨워! (화가 나서 뒤를 따른다)

메모를 하던 사람과 신사 그리고 꽃 파는 소녀만 남겨 두고 모두 떠났다. 소녀는 앉아서 꽃바구니를 정리하면서 여전히 자기 연민에 빠져 중얼거리고 있다.

꽃 파는 소녀 불쌍한 신세! 누가 귀찮게 하거나 괴롭히지 않아도 살기 힘든 판에.

신사 (메모를 하던 사람의 왼편, 원래 자리로 돌아와서) 어떻게 하는 거요, 물어봐도 되겠소?

메모를 하던 사람 그저 음성학일 뿐이에요. 언어학 말입니다. 그게 제 직업입니다. 취미이기도 하고요. 취미로 먹고살 수 있는 사람은 행복하죠! 선생도 사투리를 듣고 그 사람이 아일랜드 사람인지 요크셔 사람인지는 맞힐 수 있으시겠죠. 하지만 저는 누구든지 10킬로미터 이내로 맞힐 수 있어요. 런던이라면 3킬로미터 안까지 가능하죠. 어떤 경우에는 두 블록 안도 가능합니다.

꽃 파는 소녀 부끄러운 줄 알아야지. 사내답지 않은 비겁한 인간 같으니라고!

신사 하지만 그게 수입이 됩니까?

메모를 하던 사람 아, 물론입니다. 아주 잘 됩니다. 지금은 벼락출세자들의 시대거든요. 켄티시 타운[12]에서 연봉 80파운드로 시작한 사람들이 파크 레인[13]으로 가

12 런던 북서쪽 외곽에 위치한 마을.

면 10만 파운드를 벌게 되죠. 그 사람들은 켄티시 타운의 흔적을 없애 버리려고 하죠. 하지만 입을 열 때마다 본색이 드러나거든요. 저는 그런 사람들을 가르치는—

꽃 파는 소녀 자기 일이나 상관하라고 하세요. 불쌍한 애는 내버려 두고…….

메모를 하던 사람 (폭발해서는) 이봐. 그 혐오스러운 징징거리는 소리 당장 집어치워. 아니면 교회 같은 데나 가서 쉴 자리를 찾든지.

꽃 파는 소녀 (약하게 저항하면서) 나도 여기 있을 권리가 있다고요.

메모를 하던 사람 그런 우울하고 역겨운 소리나 하는 여자는 어디에도 있을 권리가 없어. 살 자격도 없다고. 너는 영혼을 가진 인간임을 기억해. 신이 주신 똑똑하게 발음할 수 있는 능력을 가지고 있다고. 그리고 네 모국어는 셰익스피어와 밀턴 그리고 성서의 언어야. 그러니까 거기 앉아서 성질난 비둘기처럼 구구대지 좀 말라고.

꽃 파는 소녀 (완전히 압도돼서, 감히 고개도 들지 못하고 놀라움과 원망이 뒤섞인 채 그를 올려 본다) 아 — 아 — 아 — 오우 — 오우 — 오우 — 오우 — 우우!

메모를 하던 사람 (노트를 꺼내 들면서) 하느님 맙소사! 소

13 런던의 중심부, 하이드 파크 옆에 위치한 부촌.

리하고는! (받아 적는다. 그러더니 노트를 꺼내 들고 그
녀의 모음을 정확하게 재현하면서 읽는다) 아 — 아 —
아 — 오우 — 오우 — 오우 — 오우 — 우우!

꽃 파는 소녀 (그 모습이 재미있어서 자기도 모르게 웃는
다) 그만해요!

메모를 하던 사람 천박한 영어를 하는 저 아이를 보십시
오. 저 영어는 죽는 날까지 저 아이를 빈민굴에 처박혀
있게 할 겁니다. 자, 선생, 저는 석 달 안에 저 아이가
대사의 가든파티에서 공작 부인 행세를 하게 할 수 있
어요. 저 애가 보다 수준 있는 영어를 요구하는 귀부
인의 하녀나 가게 점원 자리를 얻게 할 수도 있습니다.

꽃 파는 소녀 뭐라고 하셨어요?

메모를 하던 사람 그래, 이 으깨진 배추 잎 같은 아이야.
너는 이 멋진 기둥이 있는 고귀한 건축물에 대한 수치
고, 영어에 대한 모욕 그 자체야. 나는 네가 시바의 여
왕 행세를 하게 할 수 있다. (신사에게) 믿을 수 있겠습
니까?

신사 물론이지요. 나도 인도 방언을 연구하고 있다오.
그리고 —

메모를 하던 사람 (열심히) 그러세요? 그럼 『구어 산스크
리트』[14]의 저자인 피커링 대령을 아시나요?

---

14 힌두교의 고대 언어. 피커링이 이런 저서를 갖고 있다는 것은 그
가 언어학자임을 말해 준다.

신사 내가 피커링 대령이오. 당신은 누구시오?

메모를 하던 사람 『히긴스의 유니버설 알파벳』의 저자인 헨리 히긴스입니다.

피커링 (열정적으로) 난 당신을 만나러 인도에서 왔소.

히긴스 저는 당신을 만나러 인도로 가려던 참이었습니다.

피커링 어디 사시오?

히긴스 윔폴 거리 27A요. 내일 만나러 오세요.

피커링 난 칼튼 호텔에 있어요. 지금 같이 가서 저녁 식사를 하며 얘기나 나눕시다.

히긴스 좋지요.

꽃 파는 소녀 (피커링이 옆을 지나가자 그에게) 꽃 사세요, 친절한 신사님. 방세를 낼 돈이 모자라서요.

피커링 정말 잔돈이 없구나. 미안하다. (가버린다)

히긴스 (소녀의 거짓말에 놀라서) 거짓말쟁이. 반 크라운을 바꿔 줄 수 있다고 했잖아.

꽃 파는 소녀 (절박한 마음에 일어서서는) 벼락이나 맞아라, 그래야 돼. (그의 발아래 바구니를 내팽개치면서) 이 망할 놈의 바구니 전부에 6펜스만 내라고요.

교회 시계가 30분을 알린다.

히긴스 (교회 종소리에서 위선적인 바리새인 같이 불쌍한 소녀를 동정하지 않는 자신을 나무라는 하나님의 소리를

들고는) 계시로군. (모자를 엄숙하게 들어 올린다. 그러
고는 동전 한 움큼을 바구니에 던져 주고는 피커링을 따
라간다)

꽃 파는 소녀 (반 크라운 동전을 집어 들면서) 아 — 오우
아 — 오! (플로린 동전을 몇 개 집어 들면서) 아아아 —
오우아 — 오! (동전 몇 개를 집어 들면서) 아아아아아 —
오우아 — 오! (반 파운드 동전을 집어 들면서) 아아아아
아아아아아 — 오우아 — 오!!!

프레디 (택시에서 튀어나와서) 드디어 잡았네. 이봐요!
(소녀에게) 여기 있던 두 숙녀분들은 어디로 갔지요?

꽃 파는 소녀 비가 그쳐서 버스 정거장으로 걸어갔어요.

프레디 택시를 나한테만 맡겨 놓고! 제기랄!

꽃 파는 소녀 (거만하게) 걱정 말아요, 젊은이. **내가** 그
택시를 타고 집에 가겠어요. (그녀는 택시 쪽으로 미끄
러지듯이 간다. 택시 기사는 손을 뒤로 해서 그녀가 타지
못하도록 문을 꽉 잡고 있다. 그가 어떤 오해를 하고 있
는지 알고 있는 그녀는, 손 한가득 담긴 돈을 보여 준다)
택시 요금은 내게 문제가 안 돼요, 찰리. (택시 기사가
웃으면서 문을 열어 준다) 바구니는 어떻게 하지요?

택시 기사 여기 주시오. 2펜스만 더 내면 되우.

리자 아니. 누가 그걸 보는 건 싫어요. (바구니를 차 안
에 쑤셔 넣고는 택시를 타고 창문 너머로 대화를 계속한
다) 잘 가요, 프레디.

프레디 (어리둥절해서 모자를 들어 올리며) 잘 가요.

택시 기사 어디로 가슈?

리자 버크넘(버킹엄) 궁전이요.

택시 기사 버크넘 궁전이라니 무슨 말이요?

리자 어딘지 몰라요? 그런 파크에 있는, 국왕이 사는 데
요. 잘 가요, 프레디. 거기 서 있지 말고, 잘 가요.

프레디 잘 가요. (간다)

택시 기사 거기? 버크넘 궁전은 왜 가는데? 버크넘 궁
전에 무슨 볼일이라도 있소?

리자 물론 없어요. 하지만 저 사람이 그걸 알게 하고 싶
지 않았어요. 집으로 데려다 주세요.

택시 기사 집이 어디유?

리자 드루어리 레인에 있는 에인절 코트요. 메이클레존
기름 가게 옆이에요.

택시 기사 거기가 맞는 것 같군, 주디. (차를 몰고 나간다)

* * *

에인절 코트 입구, 택시를 따라 메이클레존의 기름 가게
와 다른 가게 사이에 있는 좁은 아치 길로 가보자. 택시가
멈추자, 일라이자가 바구니를 질질 끌며 내린다.

리자 얼마예요?

택시 기사 (미터기를 가리키며) 읽을 줄 모르쇼? 1실링

이오.

리자 2분 탔는데 1실링이라고요!

택시 기사 2분이건 10분이건 똑같소.

리자 그건 옳지 않아요.

택시 기사 택시 타본 적 있수?

리자 (허세를 부리며) 수백 번, 수천 번 타봤다고요, 젊은 양반.

택시 기사 (비웃으며) 잘하셨군, 주디. 돈은 넣어 두라고. 우리 가족들도 이해할 거야. 잘 사슈! (운전해서 가버린다)

리자 (자존심이 상해서) 건방지기는!

리자는 바구니를 들고 골목길을 따라 숙소로 터벅터벅 걷는다. 습기 찬 부분마다 낡은 벽지가 늘어져 있는 작은 방이다. 유리창의 깨진 부분은 종이로 때워져 있다. 인기 있는 영화배우의 사진 한 장과 숙녀복 패션 삽화가 벽에 붙어 있는데 둘 다 신문에서 잘라 낸 것으로 일라이자의 처지에는 엄두도 낼 수 없는 것이다. 새장이 유리창에 걸려 있지만, 새는 죽은 지 오래다. 그저 추억의 물건으로 남아 있을 뿐이다.

이것들이 눈에 보이는 유일한 사치품이다. 나머지 것들은 가난한 살림에 꼭 필요한 최소한의 물품이다. 온기를 주는 여러 종류의 덮개가 씌워져 있는 초라한 침대와 겉을 싼

포장용 상자, 그 위에 놓인 대야와 물컵, 의자와 식탁 그리고 시골 부엌에서 내다 버린 물건들, 쓰지도 않는 벽난로 위 선반에 놓인 미국식 자명종 시계 등이 있다. 투입구에 1페니씩 넣는 가스램프로 불을 밝히고 있다. 방세는 일주일에 4실링이다.

여기서 일라이자는, 언제나처럼 피곤하긴 하지만, 너무 흥분해서 잘 수가 없다. 새로 벌어들인 재산을 세어 보고 그것을 가지고 무엇을 할지 꿈꾸고 계획을 세우며, 가스램프가 꺼질 때까지 앉아 있다. 그리고 처음으로 아까워하지 않고 1페니를 더 넣는 기쁨을 누린다. 이런 사치스러운 기분도, 난방도 없이 앉아 있느니 침대에 들어가면 더 싸고 따뜻하게 꿈꾸고 계획할 수 있을 것이라고 계산하는 경제관념을 없애지는 못한다. 그래서 그녀는 숄과 스커트를 벗어 잡다한 침대보 위에 덮어 놓는다. 그러고는 신발을 벗어 차버리고는 더 이상 옷을 갈아입지 않고 침대에 들어간다.

제2막

다음 날 오전 11시, 윔폴 거리에 있는 히긴스의 실험실. 거리가 내다보이는 2층 방인데 거실로 쓰려던 것이다. 뒷벽 중앙에 양쪽으로 여닫는 문이 있다. 그 문으로 들어오는 사람은 오른쪽 구석에 서로 직각을 이루며 벽에 붙어 있는 두 개의 큰 캐비닛을 보게 된다. 그쪽 구석에 평평한 책상이 있는데, 그 위에는 축음기, 후두경, 풀무가 있는 작은 파이프 오르간 음관 한 줄, 벽에 있는 가스 플러그에 고무줄로 연결된 버너가 붙어 있는 소리 실험용 남포등 한 세트, 다양한 크기의 소리굽쇠 몇 개, 발성 기관을 보여 주는 실물 크기의 인간 두개골 단면상 그리고 축음기에 쓰는 밀랍 실린더[15]를 보관하는 상자들이 놓여 있다.

　방의 같은 면 더 앞쪽에는 벽난로가 있다. 문 바로 옆쪽 벽난로 앞에는 편안한 안락의자와 석탄 통이 놓여 있다. 벽난로 선반 위에는 시계가 놓여 있다. 벽난로와 축음기 테이

15 히긴스는 디스크 이전에 사용했던 실린더를 사용하고 있다.

블 사이에는 신문 보관함이 있다.

중앙 문 다른 쪽, 방문객의 왼쪽으로는 납작한 서랍이 달린 캐비닛이 있다. 그 위에는 전화기와 전화번호부가 놓여 있다. 그 너머 모퉁이와 측벽의 대부분은 그랜드 피아노가 차지하고 있다. 건반은 문에서 가장 먼 곳에 있으며 연주자를 위한 의자는 건반 전체 길이만 하다. 피아노 위에는 과일과 초콜릿이 주종을 이루는 단 것들이 수북이 쌓인 디저트 접시가 있다.

방 가운데는 비어 있다. 안락의자와 피아노 의자 그리고 축음기 테이블에 있는 두 개의 의자를 제외하고는 한 개의 의자만이 있을 뿐이다. 그 의자는 벽난로 옆에 있다. 벽에는 판화들이 걸려 있는데 대부분이 피라네시[16]의 작품과 메조틴트[17] 동판의 초상화들이다. 다른 그림은 없다.

피커링은 책상에 앉아서 카드 몇 장과 자신이 사용하고 있던 소리굽쇠를 내려놓고 있다. 히긴스는 피커링 가까이에 서서, 열려 있던 서랍 두세 개를 닫고 있다. 그는 아침 햇살 안에서 마흔 전후의 건장하고, 생기 있고, 매력 있는 사람으로 보인다. 하얀 리넨 깃에 검정 실크 타이를 매고, 전문직 종사자처럼 보이는 검정색 프록코트를 입고 있다. 그는 기운이 넘치는 과학자적 인물로, 과학의 대상으로 연구할 수

---

16 Giambattista Piranesi(1720~1778). 판화가로, 로마의 고전 건축물에 대한 정교한 판화를 제작했다.

17 명암이 잘 드러나는 동판화 기법을 말한다. 이 예술품들은 히긴스의 부와 안목을 드러낸다.

있는 모든 것에 열정적으로, 과격하게까지 관심을 가지며 자기 자신과 다른 사람들에 대해서는(그들의 기분까지도) 상관하지 않는다. 그는 사실 나이와 체구에도 불구하고 열심히, 요란하게 세상을 알아 가는 매우 충동적인 아기와 같아 의도하지 않은 나쁜 짓을 저지르지 않도록 감시해야만 한다. 그의 태도는 기분이 좋을 때는 다정하게 부탁을 하기도 하고, 뭔가 잘못되었을 때는 폭풍우같이 짜증을 내기도 하는 등 다양하다. 하지만 그는 모든 면에 솔직하고, 악의가 없어서 가장 합리적이지 못한 순간에도 호감을 불러일으킨다.

히긴스 (마지막 서랍을 닫으면서) 그게 전부인 것 같습니다.

피커링 정말 대단합니다. 나는 절반도 이해하지 못했소만.

히긴스 다시 보고 싶으신 게 있나요?

피커링 (일어나 벽난로 쪽으로 가서는 등을 대고 서서) 아뇨, 지금은 됐어요. 오늘 아침에는 진이 완전히 다 빠졌어요.

히긴스 (따라가서 그의 왼편에 서며) 소리를 듣는 것도 힘이 들죠?

피커링 그래요. 엄청나게 집중해야 해요. 난 스물네 개의 모음을 발음할 수 있다는 것에 자부심을 가졌었소. 하지만 당신의 130개에는 당할 수가 없군요. 모음들의 차이를 모르겠어요.

히긴스 (낄낄 웃으며, 단것을 먹기 위해 피아노 쪽으로 가서) 아, 그건 연습하면 됩니다. 처음에는 차이가 안 들립니다. 계속 듣다 보면 곧 그 차이가 A하고 B만큼이나 크다는 걸 알게 되지요. (피어스 부인이 들여다본다. 그녀는 히긴스의 가정부이다) 무슨 일이죠?

피어스 부인 (머뭇거리면서, 당황한 기색이 보인다) 어떤 젊은 여자가 선생님을 뵙고 싶어 합니다.

히긴스 젊은 여자라! 원하는 게 뭐요?

피어스 부인 글쎄요, 선생님께서 자기가 온 걸 알면 반가워하실 거라고 하더군요. 아주 천한 애예요. 아주 천하답니다. 쫓아 보낼까 했는데 혹시라도 선생님께서 그 기계에 대고 말을 하게 하시지 않을까 생각했답니다. 제가 잘못한 게 아니었으면 좋겠네요. 하지만 선생님은 가끔 아주 특이한 사람들을 만나시잖아요……. 죄송합니다……. 저는…….

히긴스 아, 괜찮아요, 피어스 부인. 그 여자의 말에 재미있는 억양이 있던가요?

피어스 부인 아주 끔찍하더군요. 정말이에요. 어떻게 그런 데 관심을 가질 수 있는지 모르겠어요.

히긴스 (피커링에게) 그 여자를 불러 봅시다. 올려 보내요, 피어스 부인. (작업대로 달려가서는 축음기에 사용

할 실린더를 꺼낸다)

피어스 부인 (반쯤 포기하고) 알았습니다, 선생님. 하라
고 하시면 해야죠. (아래층으로 내려간다)

히긴스 운이 좋은데요. 어떻게 기록하는지 보여 드리
죠. 먼저 말을 하게 하고는 벨의 음성 시화법으로 받
아 적는 거죠. 그러고 나서는 로마자 발음 기호로 다
시 한 번 적습니다.[18] 그러고는 축음기에 녹음을 하죠.
발음 기호로 기록된 걸 앞에 놓고 듣고 싶을 때면 얼
마든지 목소리를 다시 들을 수 있는 겁니다.

피어스 부인 (돌아와서) 이 여자입니다, 선생님.

꽃 파는 소녀가 당당하게 들어온다. 오렌지색, 하늘색 그
리고 빨간색 등 타조 깃털 세 개가 달린 모자를 쓰고 있다.
거의 깨끗하다고 할 수 있는 앞치마를 입고 있다. 재생 털실
로 만든 코트는 약간 깔끔해졌다. 순진한 허세와 뻐기는 태
도를 지닌 이 한탄스러운 존재가 주는 비애감이 피어스 부
인의 등장으로 이미 긴장한 피커링을 더욱 동요시킨다. 하
지만 히긴스에게 있어서 남녀의 차이는, 여자를 대할 때는
사소한 일을 가지고 못살게 굴거나 고래고래 소리를 지르
든지, 아니면 마치 아이가 뭔가를 얻어 내기 위해서 유모를

18 히긴스는 여기서 알렉산더 멜빌 벨의 음성 표기법과 함께, 소리를
표기하는 데 있어서 정교함이 떨어지는 로마 문자를 동시에 사용하고
있음을 밝히고 있다.

달래듯이 살살 꼬드긴다는 정도뿐이다.

히긴스 (퉁명스럽게, 그녀를 알아보고는 실망을 감추지 못
하고 즉시 어린아이처럼 불평을 늘어놓으며) 이런, 내가
어젯밤에 받아 적은 애잖아. 쟤는 아무 쓸모 없어. 리
슨 그로브 억양에 대해서는 원하는 모든 기록을 얻었
거든. 실린더를 낭비하고 싶지 않아. (소녀에게) 가거
라. 너는 필요 없어.

꽃 파는 소녀 그렇게 삐기지 마세요. 내가 왜 왔는지 아
직 못 들으셨잖아요. (문에서 지시를 기다리고 있는 피
어스 부인에게) 내가 택시 타고 온 것 말했어요?

피어스 부인 쓸데없는 소리 하지 마라! 히긴스 선생님 같
은 신사가 네가 뭘 타고 왔는지 상관이나 하실 것 같니?

꽃 파는 소녀 오, 거만하시긴! 저분도 돈을 받고 가르치
는 사람일 뿐이잖아요? 그렇게 말하는 걸 들었어요.
난 칭찬이나 받으려고 온 게 아니에요. 그리고 내 돈
이 충분치 않다면 다른 데로 갈 수도 있어요.

히긴스 뭐에 충분하지 않으면?

꽃 파는 소녀 당신에게 충분하지 않으면요. 이제 아셨
죠? 나는 수업을 받으러 왔다고요. 그리고 확실하게
돈도 지불할 거예요. 틀림없이요.

히긴스 (놀라서는) 글쎄올시다!!! (헐떡이며 숨을 고른
후) 내가 뭐라고 말할 것 같니?

꽃 파는 소녀 신사라면 일단 앉으라고 하겠죠. 내가 일
거리를 가지고 왔다고 말하지 않았나요?

히긴스 피커링, 저 건방진 것을 앉으라고 할까요, 아니
면 창밖으로 던져 버릴까요?

꽃 파는 소녀 (겁에 질려 피아노로 달려가서, 막다른 골목에
다다랐다는 듯이 돌아선다) 아 ─ 아 ─ 오 ─ 오우 ─
오우 ─ 오우 ─ 오우 ─ 오오! (상처받고 훌쩍거리며)
나도 다른 숙녀처럼 돈을 낼 수 있으니 건방진 것이라
고 하지 마세요.

두 남자는 방 반대편에서 꼼짝도 하지 않은 채 놀라 그녀
를 쳐다본다.

피커링 (부드럽게) 네가 원하는 게 뭐지?

꽃 파는 소녀 난 토트넘 거리 구석에서 꽃을 파는 것보
다 꽃집 점원이 되고 싶어요. 하지만 좀 더 품위 있게
말하지 않으면 그 일을 할 수 없대요. 저분이 나를 가
르칠 수 있다고 말했어요. 음, 나는 돈을 낼 수 있다고
요. 도와 달라는 게 아니에요. 그런데 저분이 나를 쓰
레기로 취급했어요.

피어스 부인 히긴스 선생님께 수업료를 낼 수 있다고 생
각하다니 어떻게 그렇게 무지몽매할 수가 있니?

꽃 파는 소녀 내가 왜 못 내요? 나도 수업료가 얼마쯤

되는지는 댁만큼 잘 알고 있어요. 그리고 돈을 낼 준비도 되어 있다고요.

히긴스 얼마나?

꽃 파는 소녀 (그에게로 돌아와, 의기양양해서) 이제 말을 하시네요! 어젯밤에 내게 던져 준 돈의 일부라도 되찾을 기회란 걸 알게 되면, 잘난 척을 그만할 거라고 생각했어요. (은밀하게) 한잔하셨던 거죠, 그렇죠?

히긴스 (단호하게) 앉아.

꽃 파는 소녀 아, 나를 칭찬할 생각이라면 말이죠…….

히긴스 (고함을 지르며) 앉으라고.

피어스 부인 (엄격하게) 앉아라, 애야. 시키는 대로 해.

꽃 파는 소녀 아 ― 아 ― 아 ― 오우 ― 오우 ― 오우 ― 우! (반은 반항심에서, 반은 당황해서 서 있다)

피커링 (매우 정중하게) 앉지 않을래? (자기와 히긴스 사이에 있는 깔개 옆에 의자 한 개를 놓는다)

리자 (수줍어하면서) 앉아도 괜찮다면요. (앉는다. 피커링이 깔개로 다가온다)

히긴스 이름이 뭐지?

꽃 파는 소녀 리자 둘리틀이요.

히긴스 (진지하게 낭독한다)

일라이자, 엘리자베스, 베치와 베스.[19]
그들은 새 둥지를 찾으러 숲으로 갔다네.

피커링 그들은 알 네 개가 든 둥지를 발견했다네.

히긴스 하나를 갖고, 세 개는 남겨 두었다네.

그들은 제 흥에 겨워서 신나게 웃는다.

리자 아이, 바보같이 굴지 말아요.

피어스 부인 (일라이자의 의자 뒤로 가서) 신사분께 그렇게 말하면 안 된다.

리자 저분은 왜 내게 예의 바르게 말하지 않는 건데요?

히긴스 일 얘기로 다시 돌아갑시다. 수업료를 얼마나 낼 건데?

리자 아, 얼마가 적당한지 알아요. 내 친구가 프랑스 신사에게서 시간당 18펜스로 프랑스어 수업을 받아요. 음, 우리 나라 말을 가르치면서 같은 금액을 요구할 정도로 뻔뻔하지는 않겠죠. 1실링 이상은 안 내겠어요. 하든지 말든지 하세요.

히긴스 (주머니 속의 열쇠와 동전을 쩔렁거리며 방을 왔다 갔다 하면서) 아시겠어요, 피커링, 1실링을 그냥 1실링으로 보면 안 됩니다. 이 아이의 수입에 비해 보면 그것은 백만장자의 60~70기니[20]와 맞먹습니다.

19 일라이자를 부르는 여러 이름들이다. 뒤이어 히긴스와 피커링이 즐기는 수수께끼의 열쇠가 된다.

20 *guinea*. 1663년~1813년 사이에 아프리카의 기니에서 수입한 금으로 발행한 영국 금화. 21실링에 해당한다.

피커링 어떻게 그렇소?

히긴스 계산해 보세요. 백만장자는 하루에 150파운드 정도를 벌지요. 이 아이는 반 크라운 정도 벌고요.

리자 (잘난 척하면서) 내가 그것밖에 못 번다고 누가 그래요?

히긴스 (계속한다) 저 아이는 수업료로 하루 수입의 5분의 2를 제시했어요. 백만장자의 하루 수입 중 5분의 2는 약 60파운드가량 되지요. 후한 거죠. 아주 엄청난 겁니다. 내가 받은 제안 중 가장 많은 액수예요.

리자 (겁에 질려서 일어나며) 60파운드라고요! 무슨 말을 하는 거예요? 60파운드를 내겠다고 한 적 없어요. 내가 어떻게…….

히긴스 입 다물어라.

리자 (울면서) 하지만 난 60파운드가 없어요. 아…….

피어스 부인 울지 마, 이 바보야. 앉아라. 아무도 네 돈을 건드리지 않아.

히긴스 징징대는 걸 멈추지 않으면 빗자루로 매질을 할 거다. 앉아.

리자 (천천히 그의 말을 따르면서) 아 — 아 — 아 — 오우 — 오우 — 오우 — 우! 누가 보면 선생님이 내 아버지라고 생각하겠어요.

히긴스 내가 널 가르치기로 결정하면 아버지 둘보다도 더 못되게 굴 거다. 여기 있다. (실크 손수건을 건네준다)

리자 이건 왜요?

히긴스 눈을 닦으라고. 네 얼굴에서 축축한 데는 어디든지 닦아라. 기억해라. 이건 손수건이고, 이건 옷소매란다. 가게 점원이 되고 싶거든 두 개를 혼동해서는 안 된다.

리자는 완전히 당황해서 망연자실한 채 그를 바라본다.

피어스 부인 쟤한테 그렇게 말해 봤자 소용없어요, 히긴스 씨. 저 애는 선생님을 이해하지 못해요. 게다가 선생님은 틀렸어요. 쟤는 시킨 대로 하지 않아요. (손수건을 챙긴다)

리자 (손수건을 잡아채면서) 여기요! 손수건 내놔요. 나한테 준 거지 당신한테 준 게 아니라고요.

피커링 (웃으면서) 그랬지. 그건 저 애의 소유라고 생각합니다, 피어스 부인.

피어스 부인 (단념하며) 그렇게 하지요, 히긴스 선생님.

피커링 히긴스, 난 흥미가 있어요. 대사관 가든파티가 어떨까요? 성공한다면 당신을 이 시대의 가장 훌륭한 선생이라고 부를 겁니다. 난 당신이 할 수 없다는 데에 실험에 드는 모든 비용을 걸겠소. 그리고 수업료도 지불하겠소.

리자 아, 정말 훌륭하세요. 고맙습니다, 장군님.

히긴스 (구미가 당겨서, 소녀를 바라보며) 거부하기 어렵군. 저 애는 너무나 매력적으로 천박하고 너무 끔찍하게 더러워…….

리자 (심하게 반항하면서) 아 ― 아 ― 아 ― 오우 ― 오우 ― 오우 ― 우! 나 안 더러워요. 여기 오기 전에 얼굴이랑 손을 씻었다고요.

피커링 저 아이를 우쭐하게 해서 머리가 돌게 하지는 않겠지요, 히긴스.

피어스 부인 (불안해서) 아니, 그런 말씀 마세요. 저 애의 머리를 돌게 하는 데는 여러 가지 방법이 있어요. 그런데 히긴스 선생님보다 그 일을 더 잘할 사람은 없답니다. 늘 고의로 그러시는 건 아니지만. 그런 바보 같은 짓을 하시도록 부추기지 않으셨으면 좋겠습니다.

히긴스 (구상에 점점 더 압도되면서 흥분해서) 인생이란 게 영감을 따른 어리석음의 연속이 아니고 무엇이겠습니까? 그렇게 할 만한 일을 찾는 게 어려운 거지요. 기회는 놓치면 안 됩니다. 매일 오는 게 아니거든요. 난 저 지저분한 밑바닥 인생을 공작 부인으로 만들겠어요.

리자 (자기를 그렇게 보는 것에 강력하게 반발하면서) 아 ― 아 ― 아 ― 오우 ― 오우 ― 오우 ― 우!

히긴스 (흥분해서) 그래요. 6개월 안에, 만약 저 애가 예민한 귀와 빠른 혀를 가지고 있다면 3개월 내에, 난 저 애를 어디에 데리고 가더라도 인정받게 만들 거예요. 오늘 당장 시작합시다. 지금! 이 순간부터! 피어스 부인, 저 아이를 데리고 가서 씻기세요. 때가 안 빠지거든 멍키 브랜드 같은 세정제를 쓰세요. 부엌의 화덕에 불은 잘 타고 있나요?

피어스 부인 (반대하면서) 네, 그렇지만······.

히긴스 (고래고래 소리치며) 저 애 옷을 다 벗기고 불태워 버리시오. 화이틀리나 다른 어디든 전화해서 새 옷을 가져오라고 해요. 옷이 올 때까지는 저 애를 갈색 종이에 싸놓으시오.

리자 그런 말을 하다니 당신은 신사가 아니에요. 난 착한 애예요. 당신이 어떤 종류의 사람인지 난 알아요.

히긴스 리슨 그로브에서 하던 숙녀 행세는 필요 없다. 넌 공작 부인처럼 행동하는 법을 배워야 해. 피어스 부인, 저 애를 데려가시오. 애를 먹이면 흠씬 때려 주시오.

리자 (벌떡 일어나서 피커링과 피어스 부인 사이로 달려가 피한다) 안 돼. 경찰을 부를 거예요.

피어스 부인 저 애를 둘 곳이 없는데요.

히긴스 쓰레기통에 두든지.

리자 아 — 아 — 아 — 오우 — 오우 — 오우 — 우!

피커링 이런, 히긴스! 이성을 찾아요.

피어스 부인 (단호하게) 히긴스 선생님, 이성을 찾으셔야만 해요. 이런 식으로 누구든지 깔아뭉개시는 건 안 되죠.

히긴스, 질책을 듣고는 가라앉는다. 태풍이 기분 좋게 놀란 산들바람으로 대치된다.

히긴스 (전문가답게 정교한 조절력을 가지고) **내가** 사람들을 깔아뭉갠다고! 친애하는 피어스 부인, 친애하는 피커링, 나는 누구도 무시할 의도가 전혀 없어요. 그저 이 불쌍한 애한테 친절하게 대해 줘야 한다는 걸 제안한 것뿐이었어요. 저 애가 인생의 새로운 단계를 준비하고 적응할 수 있도록 우리는 도와야만 합니다. 내가 분명하게 말하지 않은 건 저 아이나 또는 여러분의 예민한 심성에 상처를 주지 않으려는 것이었어요.

리자, 안심하고 슬그머니 자기 의자로 돌아간다.

피어스 부인 (피커링에게) 글쎄, 이런 일에 대한 얘기를 들어 보신 적 있으세요?

피커링 (크게 웃으면서) 전혀요, 피어스 부인. 전혀 없어요.

히긴스 (참을성 있게) 뭐가 문제죠?

피어스 부인 음, 문제는 말이죠, 바닷가에서 자갈을 줍는 것처럼 이 아이를 받아들일 수는 없다는 거예요.

히긴스 왜 안 되죠?

피어스 부인 왜 안 되냐고요? 저 애에 대해서 아무것도 모르잖아요. 저 애 부모는 어떡하죠? 결혼을 했을 수도 있고요.

리자 말도 안 돼!

히긴스 저 봐요! 저 애가 제대로 말했잖소. 말도 안 된다고! 잘도 결혼했겠군! 저 계층의 여자는 결혼하고 1년만 지나도 지쳐 빠져서 쉰 살 먹은 일꾼으로 보인다는 걸 몰라요?

리자 누가 나랑 결혼을 하겠어요?

히긴스 (갑자기 최대한 웅변조로 감동적이고 아름다운 저음을 쓰면서) 정말이지, 일라이자, 내가 너와의 작업을 끝내기도 전에 길거리에 너 때문에 자살한 남자의 시체가 널려 있게 될 거다.

피어스 부인 말도 안 돼요, 선생님. 저 애한테 그런 식으로 말씀하시면 안 돼요.

리자 (일어서서 단호하게 몸을 펴면서) 나는 가겠어요. 저 사람은 제정신이 아니에요. 머리가 돌아 버린 사람이 날 가르치는 건 원하지 않아요.

히긴스 (자신의 멋진 연설을 그녀가 이해하지 못하자, 가장 민감한 부분에 상처를 받고) 아, 그렇다고! 내가 미쳤다고? 잘됐군요. 피어스 부인, 저 아이를 위해 새 옷을 주문할 필요 없어요. 쫓아 버려요.

리자 (훌쩍이며) 아, 안 돼요. 당신은 내게 손을 댈 권리
가 없어요.

피어스 부인 건방지게 굴면 어떻게 되는지 알았지. (문
을 가리키며) 이쪽으로 가거라.

리자 (거의 울면서) 난 옷 필요 없어요. 받지도 않을 거
예요. (손수건을 던진다) 내 옷은 내가 살 수 있다고요.

히긴스 (능숙하게 손수건을 받아 내고는, 문 쪽으로 마지
못해 가고 있는 리자를 가로막으며) 너는 배은망덕하고
못된 아이다. 이게 너를 시궁창에서 끄집어내, 아름답
게 입히고 숙녀로 만들어 주겠다는 제안에 대한 보답
이구나.

피어스 부인 그만하세요, 히긴스 선생님. 더 이상은 안
돼요. 나쁜 사람은 선생님이세요. 얘야, 집에 있는 부
모에게 돌아가거라. 그리고 너를 더 잘 돌봐 달라고
하렴.

리자 난 부모가 없어요. 제 밥벌이는 할 만큼 컸다면서
나가라고 했어요.

피어스 부인 네 어머니는 어디 있니?

리자 난 엄마가 없어요. 나를 내쫓은 사람은 여섯 번째
계모예요. 하지만 난 그 사람들 없이도 해냈어요. 난
착한 애예요. 착한 애라고요.

히긴스 잘됐군. 그렇다면 도대체 이게 무슨 소란이야?
저 아이에게는 아무도 없고, 나밖에는 누구한테도 쓸모

가 없어. (피어스 부인에게 가서 달래기 시작한다) 피어스
부인, 부인이 저 아이를 입양할 수도 있잖소. 딸이 있으
면 부인에게 큰 즐거움이 될 거요. 이제 더 이상 소란 피
우지 맙시다. 저 아이를 아래층으로 데려가서…….

피어스 부인   하지만 저 아이는 어떻게 됩니까? 돈을 받
게 되는 건가요? 정신 차리세요, 선생님.

히긴스   아, 필요하면 저 아이한테 돈을 주고 가계부에
적어 둬요. (성급하게) 도대체 저 아이에게 돈이 왜 필
요하죠? 저 아이는 음식과 옷을 얻게 될 거예요. 당신
이 돈을 주면 술이나 마실 거요.

리자   (그에게 대들며) 당신은 인간도 아니에요. 그건 거
짓말이에요. 내가 술 마시는 걸 본 사람은 아무도 없
다고요. (피커링에게) 아, 선생님, 선생님은 신사시잖아
요. 저 사람이 나한테 저렇게 말하지 않게 해주세요.

피커링   (부드럽게 나무라면서) 히긴스, 저 아이에게도 감
정이 있을 것이라는 생각이 들지 않소?

히긴스   (비판적으로 그녀를 바라보며) 아니요, 그렇지 않
아요. 우리가 신경 쓸 만한 감정은 갖고 있지 않아요.
(명랑하게) 갖고 있니, 일라이자?

리자   나도 다른 사람들 마찬가지로 감정이 있다고요.

히긴스   (피커링에게, 생각에 잠겨서) 어렵다는 걸 알겠
어요?

피커링   응? 무엇이 어렵단 말이오?

히긴스 문법에 맞게 말하게 하는 거요. 발음만 하는 건 쉽죠.

리자 난 문법은 하고 싶지 않아요. 꽃집 점원처럼 말하고 싶다고요.

피어스 부인 논지에서 벗어나지 마세요. 어떤 조건으로 저 애가 여기 있게 되는지 알고 싶어요. 월급을 받는 건가요? 선생님이 다 가르치고 나면 저 애는 어떻게 되나요? 앞을 좀 내다보셔야지요.

히긴스 (짜증을 내며) 내가 저 애를 시궁창에 내버려 두면 저 애는 어떻게 되죠? 말해 봐요, 피어스 부인.

피어스 부인 히긴스 선생님, 그건 저 아이의 일이지 선생님의 문제가 아니에요.

히긴스 음, 내가 저 아이를 다 가르치면, 다시 시궁창으로 던져 버리면 되지요. 그러면 다시 저 아이의 문제가 되겠죠. 그럼 된 거죠.

리자 당신은 인정머리라고는 없어요. 자기 자신 말고는 어떤 것에도 관심이 없죠. (일어나서 단호하게 말한다) 저기요! 이걸로 충분해요. 나는 가요. (문 쪽으로 가면서) 부끄러운 줄 아세요. 그래야 해요.

히긴스 (피아노 위에서 크림이 든 초콜릿을 잡아채더니 그의 눈이 갑자기 장난기로 반짝이기 시작한다) 초콜릿 먹으렴, 일라이자.

리자 (유혹을 느끼며, 멈칫해서는) 그 안에 뭐가 들었는지 내가 어떻게 알지요? 당신 같은 사람한테 마취를 당한 여자애들 얘기를 들은 적이 있어요.

히긴스가 갑자기 주머니칼을 꺼내더니 초콜릿을 반으로 자른다. 절반은 자기 입에 넣어서 꿀꺽 삼키고 나머지 절반은 일라이자에게 준다.

히긴스 신의의 징표란다, 일라이자. 내가 절반을 먹었으니 너도 절반을 먹어야지. (리자가 말대꾸를 하기 위해 입을 벌리자 히긴스는 초콜릿 반쪽을 던져 넣는다) 넌 매일 초콜릿을 상자째로, 아니, 궤짝으로 먹을 수 있단다. 아예 그것만 먹고 살 수도 있어, 응?

리자 (초콜릿 때문에 목이 막힐 뻔하다 삼키고 나서는) 난 먹으려 하지 않았어요. 단지 숙녀로서 입에 있는 걸 뱉을 수 없었을 뿐이에요.

히긴스 들어 봐, 일라이자. 택시를 타고 왔다고 한 것 같은데.

리자 음, 그게 뭐 어때서요? 나도 누구 못지않게 택시를 탈 자격이 있다고요.

히긴스 있고말고, 일라이자. 앞으로는 네가 원하는 만큼 택시를 탈 수 있을 거다. 매일 택시를 타고 시내를 왔다 갔다 할 수 있어. 그걸 생각해 보렴, 일라이자.

피어스 부인 히긴스 선생님, 선생님은 저 아이를 유혹하고 있어요. 그건 옳지 않아요. 저 아이는 자기 미래를 생각해야만 해요.

히긴스 저 애 나이에! 말도 안 돼! 생각할 미래가 얼마 안 남았을 때나 미래를 생각하는 거지. 아니다, 일라이 자. 이 부인이 말씀하신 대로 해라. 다른 사람의 미래를 생각해라. 하지만 네 미래는 생각하지 마. 초콜릿, 택시, 황금 그리고 다이아몬드 같은 걸 생각하라고.

리자 아니요. 난 황금이나 다이아몬드 같은 건 원하지 않아요. 나는 착한 애라고요. 그럼요. (위신을 차리려 하면서 다시 앉는다)

히긴스 피어스 부인의 보살핌 아래 넌 착한 아이로 계속 남게 될 거야, 일라이자. 그리고 콧수염이 멋진 친위대 장교랑 결혼하게 될 거야. 후작의 아들이지. 그 후작은 아들이 너랑 결혼한다고 상속권을 박탈하려 하겠지만 네가 얼마나 예쁘고 착한 아이인지를 보고 누그러들 거다.

피커링 잠깐만, 히긴스. 내가 참견을 좀 해야겠소. 피어스 부인이 옳아요. 이 아이가 6개월 동안 교육 실험을 위해서 당신에게 자신을 맡긴다면, 본인이 무엇을 하는 건지 완전히 이해해야만 해요.

히긴스 저 애가 어떻게 이해할 수 있겠어요? 저 애는 어떤 것도 이해할 능력이 없어요. 더군다나, 우리는 우리가 하려는 일을 이해하고 있나요? 만약 그렇다면 과연 우리가 하려고 할까요?

피커링 똑소리가 나는군요. 하지만 이 경우에는 맞지
않아요. (일라이자에게) 둘리틀 양…….

리자 (감격해서) 아 — 아 — 오우 — 우!

히긴스 저거 봐요! 저게 일라이자로부터 당신이 얻어
낼 수 있는 전부예요. 아 — 아 — 오우 — 우! 설명
해도 소용없어요. 군인으로서 그렇다는 걸 아셔야만
합니다. 저 애한테 명령을 하세요. 그걸로 충분합니
다. 일라이자, 너는 앞으로 6개월 동안 여기서 살아야
만 한다. 그리고 꽃집 점원처럼 멋지게 말하는 걸 배
우는 거다. 네가 착하게 굴고 하라는 대로 잘 하면 너
는 좋은 방에서 자고, 많이 먹고, 초콜릿을 사고, 택시
탈 돈을 받게 될 거다. 네가 못되게 굴고 게으름을 피
우면 너는 바퀴벌레가 들끓는 부엌 뒤편에서 자고 피
어스 부인에게 빗자루로 맞을 거다. 6개월이 지나면,
너는 버킹엄 궁전에 아름다운 옷을 입고 마차를 타고
가게 될 거야. 만약 국왕이 네가 숙녀가 아니라는 걸
알아차리면, 경찰이 너를 런던 타워로 끌고 갈 거다.
거기서 너는 주제넘은 꽃 파는 계집애들에 대한 경고
로 참수형에 처해질 거다. 네가 발각되지 않으면, 너
는 꽃집 점원으로 새 삶을 시작할 수 있도록 7파운드
6펜스의 선물을 받게 될 거야. 네가 거절한다면 너는
가장 배은망덕한 아이고, 천사가 너를 위해 울게 되겠

지. (피커링에게) 이제 만족하셨소, 피커링? (피어스 부인에게) 더 알기 쉽고 분명하게 해야만 되겠소, 피어스 부인?

피어스 부인   (참을성 있게) 제가 저 아이를 따로 데리고 제대로 설명해 주는 게 낫겠네요. 제가 저 아이를 맡을 수 있을지 모르겠고, 전 이 계획에 동의하지도 않아요. 물론 선생님이 저 아이에게 해를 끼치려 하지 않는다는 건 알아요. 하지만 다른 사람의 억양에 관심을 갖게 되면 선생님은 그 사람이나 선생님 자신에게 무슨 일이 생기든 생각도 않고, 상관도 안 하시잖아요. 자, 가자, 일라이자.

히긴스   맞는 말이오. 고마워요, 피어스 부인. 저 애를 목욕탕으로 쫓아 버려요.

리자   (마지못해 일어서서는 미심쩍어하면서) 선생님은 나쁜 사람이에요. 내가 원하지 않으면 난 여기 머무르지 않을 거예요. 아무도 나를 때리지 못하게 할 거예요. 버킹엄 궁전에 가겠다고 한 적 없어요. 경찰에 걸린 적도 없고요. 나는 착한 애라고요…….

피어스 부인   말대꾸하지 말거라. 넌 선생님을 이해하지 못해. 나랑 가자. (문으로 가서 일라이자를 위해 문을 열고 기다린다)

리자   (나가면서) 내가 한 말이 맞아요. 난 임금님 근처에는 가지 않을 거예요, 내 목을 자른다면 말이죠. 내

가 무슨 일을 당할지 알았더라면 여기 오지 않았을 거
예요. 난 언제나 착한 애였어요. 그리고 저분에게는
한마디도 하지 않았어요. 난 저분에게 어떤 신세도 진
게 없다고요. 난 상관 안 해요. 그리고 당하지도 않을
거예요. 나도 다른 사람들처럼 감정이 있다고요.

피어스 부인이 문을 닫자 일라이자의 불평 소리는 더 이
상 들리지 않는다.

***

일라이자는 3층으로 인도되어 매우 놀란다. 부엌의 창고
방으로 갈 줄 알았던 것이다. 피어스 부인은 방문을 열고,
비어 있는 침실로 데리고 들어간다.

피어스 부인 널 여기다 둬야겠구나. 여기가 네 침실이야.
리자 아, 아줌마, 나는 여기서 잘 수 없어요. 나 같은 것
한테는 너무 과분해요. 내가 뭐라도 건드릴까 겁나요.
난 아직 공작 부인이 아니잖아요.
피어스 부인 너도 이 방처럼 깨끗해져야 한다. 그러면
겁날 게 없을 거야. 그리고 날 아줌마라고 부르지 말
고 피어스 부인이라고 불러야 한다. (그녀는 목욕탕으
로 개조된 드레스 룸의 문을 열어젖힌다)
리자 맙소사! 이게 뭐예요? 빨래하는 곳인가요? 웃기

67

게 생긴 구리 솥 같은데요.

피어스 부인 구리 솥이 아니야. 이곳은 목욕을 하는 곳
이란다, 일라이자. 여기서 너를 씻기려는 거야.

리자 저기에 들어가서 몸을 적신다고요! 난 안 해요.
그랬다간 죽고 말 거예요. 토요일 밤마다 그렇게 하
는 여자가 있었는데, 결국 그것 때문에 죽었어요.

피어스 부인 히긴스 선생님은 아래층의 남자 목욕탕에
서 목욕을 하셔. 매일 아침마다 찬물로.

리자 허! 그 사람은 강철로 만들어졌나 보죠.

피어스 부인 매일 아침 히긴스 선생님과 대령님과 같이
앉아서 가르침을 받으려면 너도 똑같이 해야 한다. 그
렇게 하지 않으면 그분들은 네게서 나는 냄새를 좋아
하지 않을 거야. 하지만 원하는 만큼 뜨겁게 물을 쓸
수 있어. 여기 꼭지가 두 개 있지. 더운물과 찬물이다.

리자 (울면서) 할 수 없어요. 감히 그렇게는 못 해요. 그
건 자연스럽지 않아요. 그렇게 하면 죽을 거예요. 난
평생 목욕을 해본 적이 없어요. 목욕이라고 제대로 부
를 만한 것 말이에요.

피어스 부인 넌 숙녀처럼 깨끗하고 향기롭고 품위 있게
되고 싶지 않니? 겉이 지저분한 여자는 안으로도 좋
은 여자가 될 수 없는 거란다.

리자 엉엉!!!

피어스 부인 이제 그만 울고 네 방으로 가서 옷을 전부

벗어. 그러고서 이걸로 몸을 감싸고 (걸이에서 가운을 내려 그녀에게 건네며) 다시 이리로 오거라. 목욕 준비를 해놓을 테니.

리자 (눈물범벅이 되어서) 못 해요. 안 해요. 난 익숙하지 않아요. 난 옷을 다 벗어 본 적이 없어요. 이건 옳지 않아요. 점잖지 못해요.

피어스 부인 말도 안 돼. 매일 밤 잘 때 옷을 벗지 않는다는 거니?

리자 (놀라서) 그럼요. 왜 벗어야 해요? 죽으려고요? 물론 치마는 벗지만요.

피어스 부인 그럼 낮에 입었던 속옷을 입고 잔다는 말이니?

리자 그럼 뭘 입고 자야 해요?

피어스 부인 여기서 지내는 한 다시는 그래서는 안 된다. 네게 적당한 잠옷을 가져다주마.

리자 차가운 옷으로 갈아입고 밤새도록 벌벌 떨면서 깨어 있으라고요? 나를 죽일 작정이군요, 그렇군요.

피어스 부인 나는 너를 지저분한 여자에서 서재에 신사 양반들과 같이 앉아도 될 만큼 깨끗하고 품위 있는 여자로 바꿔 주려고 하는 거야. 나를 믿고 내가 하라는 대로 하겠니, 아니면 쫓겨나서 네 꽃바구니가 있는 곳으로 돌아가겠니?

리자 하지만 아줌마는 추위가 어떤 건지 몰라요. 내가 얼마나 추위를 무서워하는지 모른다고요.

피어스 부인 네 침대는 더 이상 춥지 않을 거야. 내가 뜨거운 물병을 넣어 줄 테니까. (소녀를 목욕탕으로 밀어 넣으며) 가서 옷 벗어라.

리자 아, 깨끗해진다는 게 이렇게 끔찍한 일인 줄 알았더라면 절대 오지 않았을 거야. 내가 얼마나 편하게 지내고 있었는지 몰랐었네. 난 — (피어스 부인은 소녀를 문 안으로 밀어 넣고는 도망치지 못하게 하려고 문을 반쯤 열어 놓는다)

피어스 부인은 하얀 고무 소매를 끼고 목욕통에 찬물과 더운물을 섞어 채운 후 온도계로 온도를 잰다. 목욕 소금 한 움큼과 겨자 한 줌을 넣어서 향기를 더한다. 그리고 나서는 무시무시하게 생긴 손잡이가 달린 솔을 꺼내 향기 나는 비누로 충분히 거품을 낸다.

일라이자는 맨몸에 목욕 가운만 단단히 두른 채 돌아온다. 처절한 공포가 느껴지는 안타까운 광경이다.

피어스 부인 자, 이리 오너라. 그것도 벗어.

리자 아, 벗을 수 없어요, 피어스 부인. 정말 못 해요. 한 번도 해본 적이 없어요.

피어스 부인 말도 안 되는 소리. 여기, 들어가서 물이 충분히 따뜻한지 어떤지 말해.

리자 아 — 우! 아 — 우! 너무 뜨거워요.

피어스 부인 (능숙하게 가운을 잡아 벗기고는 등을 밀어 욕조에 밀어 넣는다) 해로울 게 없단다. (문지르는 솔로 작업을 시작한다)

일라이자가 슬픈 비명을 지른다.

***

그러는 동안 대령은 히긴스와 일라이자에 대해서 대화를 나눈다. 피커링은 벽난로에서 의자로 나와 히긴스를 심문하기 위해 팔은 뒤로 두고 걸터앉는다.

피커링 단도직입적으로 묻는 걸 양해하시오, 히긴스. 당신 여자 문제에 있어서 도덕적으로 괜찮은 사람이오?

히긴스 (침울하게) 여자 문제에 있어서 괜찮은 사람 봤습니까?

피커링 물론이오. 아주 많이 봤소만.

히긴스 (피아노를 손으로 짚고 그 위로 뛰어올라 앉아서, 독단적으로) 음, 난 못 보았습니다. 여자에게 친구가 되기를 허락하는 순간, 여자는 질투가 심해지고, 까다로워지고, 의심이 많아지면서 아주 지긋지긋한 존재가 되고 맙니다. 내가 여자와 친구가 되기로 한 순간, 나는 이기적이고, 횡포를 부리게 되더군요. 여자는 모든 걸 망쳐 버려요. 그들을 당신 삶에 들어오게 하는 순간, 여자와 당신은 각기 다른 것을 추구한다는 것을 알게 되지요.

피커링 예를 들어서 무얼 말이오?

히긴스 (가만히 못 있고 피아노에서 내려오면서) 아, 신만이 아시겠죠! 여자는 자신만의 인생을 살고 싶어 하고 남자도 자신의 삶을 살고 싶어 하죠. 그리고 각자 상대를 잘못된 길로 끌고 가려 한답니다. 한 사람은 북쪽으로 가고 싶어 하고 다른 사람은 남쪽으로 가길 원하죠. 결과는 둘 다 동쪽으로 가게 된다는 거지요. 둘 다 동풍을 싫어하는데도 말이지요. (피아노 의자에 앉는다) 그래서 나는 확고한 독신주의자가 된 거죠. 그렇게 살 겁니다.

피커링 (일어서서 히긴스를 심각하게 내려다보며) 이것 봐요, 히긴스! 내가 무슨 말을 하는지 당신은 알 거요. 내가 이 일에 관여하는 한 나는 저 아이에 대한 책임을 느낄 거요. 저 애의 처지를 악용하는 일은 절대 없어야 한다는 것을 알아야 할 것이오.

히긴스 뭐라고! 그 물건 말입니까! 신성하게 남아 있을 겁니다. 보장하지요. (설명하기 위해서 일어선다) 그 아이는 학생이 되는 겁니다. 가르친다는 것은 학생이 신성한 존재가 되지 않는 한 불가능한 겁니다. 난 수십 명의 미국 백만장자의 딸들에게 제대로 영어를 말하

는 법을 가르쳐 왔어요. 세상에서 가장 아름다운 여자
들이죠. 하지만 난 단련이 되었어요. 그들은 내게 나
무토막이나 다름없어요. **나도** 나무토막이나 마찬가
지고요. 그게 —

피어스 부인이 문을 연다. 손에 일라이자의 모자를 들고
있다. 피커링은 벽난로 옆의 안락의자로 물러나서 앉는다.

히긴스 (열성적으로) 피어스 부인, 잘되어 가나요?
피어스 부인 (문간에서) 괜찮으시다면 말씀드릴 게 좀
    있어서요, 히긴스 선생님.
히긴스 그래요, 물론 괜찮죠. 들어오세요. (피어스 부인,
    들어온다) 그건 태우지 말아요, 피어스 부인. 기념품으
    로 간직하겠소. (모자를 받아 든다)
피어스 부인 부디 조심해서 다루세요. 그 애한테 태우지
    않겠다고 약속했답니다. 하지만 잠깐이라도 오븐에
    집어넣는 게 나을 것 같군요.
히긴스 (모자를 다급하게 피아노 위에 내려놓고는) 아!
    고마워요. 내게 할 말이 뭐죠?
피커링 내가 방해가 되나요?
피어스 부인 전혀 아닙니다. 히긴스 선생님, 저 애 앞에
    서 말씀하실 때는 좀 더 조심해 주시겠어요?
히긴스 (심각하게) 물론이죠. 난 항상 조심해서 말을 하

죠. 왜 내게 그런 말을 하는 거지요?

피어스 부인 (흔들리지 않고) 아니요, 선생님. 선생님은
물건은 잃어버렸을 때나 짜증이 나셨을 때는 전혀 말
조심을 하지 않으세요. 제 앞에서는 상관없어요. 저는
익숙해졌으니까요. 하지만 그 여자애 앞에서는 욕을
하셔서는 안 됩니다.

히긴스 (화가 나서) **내가** 욕을 한다고! (더욱 단호하게)
나는 욕을 해본 적이 없어요. 나는 그런 습관을 경멸
해요. 도대체 무슨 망할 놈의 얘기를 하는 거요?

피어스 부인 (단호하게) 제 말이 바로 그거예요. 선생님
은 욕을 너무 많이 하세요. 전 선생님이 욕을 하든 저
주를 하든 괜찮아요. 망할 것, 망할 놈의 어디, 망할 놈
의 인간……

히긴스 피어스 부인, 당신 입에서 그런 심한 말이 나오
다니!

피어스 부인 (멈추지 않고) 선생님이 절대 사용하지 않
으셨으면 하는 말이 있어요. 저 애가 목욕을 즐기기
시작할 때 그 말을 쓰더군요. 목욕[21]과 같은 글자로
시작한답니다. 저 애는 그것보다 더 좋은 말을 몰라
요. 어릴 적 엄마 무릎에서 배운 거죠. 하지만 선생님

---

21 *bath*의 첫 글자인 ⟨*b*⟩로 시작하는 *bloody*를 말한다. ⟨빌어먹을,
망할⟩ 정도의 의미인데 당시 영국의 교양 있는 계층에서는 절대 사용하
면 안 되는 말로 간주되었다.

이 하시는 건 들어서는 안 돼요.

히긴스 (거만하게) 난 그런 단어를 사용해 본 적이 없소, 피어스 부인. (부인이 그를 단호하게 바라본다. 그는 불안한 양심을 법관과도 같은 태도로 감추면서 덧붙인다) 극단적인, 정당화될 만한 흥분 상태를 제외하고는 말이지요.

피어스 부인 오늘 아침만 하더라도 부츠, 버터 그리고 브라운 색 빵에다 대고 그 말을 사용하셨습니다.

히긴스 아, 저것 봐! 두음법이군요, 피어스 부인. 타고난 시인이시군.

피어스 부인 선생님, 뭐라고 부르시든 간에, 저 아이 앞에서는 제발 그 단어를 다시는 쓰지 말아 주세요.

히긴스 좋아요, 좋아요. 그게 전부인가요?

피어스 부인 아니요. 개인적 청결에 있어서도 우리는 저 아이에게 매우 까다로워야 합니다.

히긴스 물론 그렇지요, 그렇고말고. 가장 중요한 거죠.

피어스 부인 옷매무새를 다듬지 않거나 물건 정리를 제대로 하지 않는 걸 말하는 게 아닙니다.

히긴스 (엄숙하게 부인에게 다가가서) 그렇죠. 나도 그 점에 대해서 주의를 주려고 했소. (이 대화를 매우 즐기고 있던 피커링에게 옮겨 간다) 피커링, 중요한 건 이런 작은 것들이죠. 잔돈을 아끼면 큰돈은 저절로 아껴진다는 말은 돈뿐 아니라 개인의 습관에도 해당되지요.

(자신은 공격할 수 있는 위치의 사람이 아니라는 태도를 보이면서, 벽난로 앞 깔개 위에 멈춘다)

피어스 부인 그래요, 선생님. 그러면 아침 식사 때 실내복을 입고 내려오시거나 그 옷을 냅킨으로 사용하지 말라고 부탁드려도 되겠죠. 또한 모든 음식을 한 접시에 늘어놓고 드신다거나, 죽 냄비를 깨끗한 테이블보 위에 올려놓는다거나 하지 않으신다면, 저 애에게도 좋은 본보기가 되겠죠. 바로 지난주만 하더라도 잼 안에 들어 있던 생선 뼈 때문에 거의 숨이 막힐 뻔하셨잖아요.

히긴스 (벽난로에서 벗어나 피아노 쪽으로 슬슬 물러나면서) 간혹 정신이 없을 때 그런 짓을 할지는 모르지만 절대 습관적으로 하는 건 아니오. (화가 나서) 어쨌거나, 내 실내복에서는 벤진 냄새가 진동을 하고 있소.

피어스 부인 분명히 그렇습니다, 히긴스 선생님. 하지만 선생님께서 손가락을 거기다 닦으셔서······.

히긴스 (소리를 지르면서) 알았어요, 알았다고요. 앞으로는 머리카락에다 닦겠소.

피어스 부인 기분이 상하신 게 아니었으면 합니다, 히긴스 선생님.

히긴스 (자신이 그렇게 퉁명스러운 기분이 들 수 있다는 것에 놀라서) 천만에요, 전혀 아니에요. 당신 말이 맞습니다, 피어스 부인. 그 애 앞에서는 특히 조심하겠어요. 그게 전부인가요?

피어스 부인 아니요. 선생님이 외국에서 사 온 일본 드
  레스를 그 애가 입어도 될까요? 전에 입던 옷은 도저
  히 다시 입힐 수가 없겠더군요.

히긴스 물론이죠. 원하는 대로 하세요. 그게 전부인가요?

피어스 부인 고맙습니다, 선생님. 그게 전부랍니다. (나
  간다)

히긴스 그거 아시오, 피커링, 저 여자는 나에 대해 아주
  이상한 생각을 가지고 있어요. 나는 수줍고, 소심한
  사람이에요. 난 다른 친구들처럼 내가 어른이 되었다
  거나, 큰 인물이라고 느껴 본 적이 없어요. 그런데 저
  여자는 내가 거만하고 독단적인 사람이라고 확신하
  고 있는 겁니다. 난 이해가 안 돼요.

피어스 부인이 돌아온다.

피어스 부인 죄송합니다, 선생님. 벌써 문제가 생기기
  시작했네요. 아래층에 앨프리드 둘리틀이란 청소부가
  와 있어요. 선생님을 뵙고자 합니다. 선생님이 자기
  딸을 데리고 있다고 하네요.

피커링 (일어서면서) 이런 참! 그럴 줄 알았지!

히긴스 (재빨리) 그 불한당을 올라오라고 해요.

피어스 부인 알겠습니다, 선생님. (나간다)

피커링 그 사람은 불한당이 아닐지도 모르오, 히긴스.

히긴스 말도 안 돼요. 당연히 불한당이죠.

피커링 맞건 아니건 간에, 그자와 문제가 생길까 걱정이오.

히긴스 (자신만만하게) 오, 아니에요. 그렇지 않아요. 문제가 생긴다면, 나 때문에 저 사람이 문제가 되는 거지 나는 저자 때문에 문제될 거 없어요. 우리는 아주 흥미로울 걸 얻어 낼 수 있을 겁니다.

피커링 그 여자애에 관해서 말이오?

히긴스 아니요. 그 사람의 사투리 발음 말입니다.

피커링 아!

피어스 부인 (문에서) 둘리틀 씨입니다, 선생님. (둘리틀을 들여보내고는 물러난다)

앨프리드는 나이가 지긋하지만 활기 넘치는 청소부이다. 뒷목과 어깨를 덮는 챙이 달린 모자를 포함해서 직업에 맞는 복장을 하고 있다. 그는 눈에 잘 띄고, 흥미로운 외모를 지니고 있다. 그리고 두려움이나 양심에 거리낄 것이 없는 사람이다. 매우 호소력 있는 목소리를 지니고 있는데, 이는 거리낌 없이 자신의 감정을 토로하는 습관의 결과이다. 그의 현재 모습에서 상처받은 명예와 단호한 결의가 드러난다.

둘리틀 (문에서, 두 신사 중 누가 자기 상대인지 몰라서)

이긴스 교수님?

히긴스 접니다. 안녕하세요. 앉으시죠.

둘리틀 안녕하십니까, 나리.[22] (당당하게 앉는다) 매우
심각한 문제로 왔습니다요, 나리.

히긴스 (피커링에게) 하운슬로[23]에서 자랐고 모친이 웨
일스[24] 쪽이군요. (둘리틀은 놀라서 입을 쩍 벌린다. 히
긴스는 계속한다) 원하는 게 뭐죠, 둘리틀 씨?

둘리틀 (위협적으로) 전 제 딸을 원합니다. 그게 제가 원
하는 겁니다, 아셨소?

히긴스 물론 그렇겠지. 당신은 그 애의 부친이에요, 그
렇죠? 다른 누군가가 그 애를 원할 거라고 생각하지는
않아요. 당신에게 가족애가 조금이라도 남아 있다니
다행이군요. 그 애는 2층에 있어요. 당장 데려가시오.

둘리틀 (매우 당황해하며 일어서면서) 뭐라고요!

히긴스 데려가라고요. 내가 당신을 위해 그 애를 보호
하고 있을 거라 생각하는 거요?

둘리틀 (이의를 제기하면서) 자자, 이것 보세요, 나리. 그
게 말이 됩니까? 나 같은 사람을 그렇게 이용해 먹는

22 원문은 *governor*로, *sir*와 마찬가지로 존경을 나타내는 호칭이다.
23 런던의 서쪽에 위치한 도시.
24 영국을 구성하는 4개 지역 중 하나. 그레이트브리튼 섬 남서부의
반도 지방으로 면적 2만 768제곱킬로미터이다. 아일랜드에서 내려온
게일인들이 세운 부족 국가에서 출발한 웨일스는 아직도 독특한 방언
을 가지고 있다.

게 정당한 겁니까? 저 여자애는 내 거예요. 당신이 그 애를 데리고 왔지요. 나한테 돌아오는 것은 뭡니까? (다시 앉는다)

히긴스 당신 딸은 뻔뻔스럽게도 내게 와서 꽃집 점원이 될 수 있게 영어를 제대로 구사하는 법을 가르쳐 달라고 요구했어요. 이 신사분과 우리 가정부가 여기 계속 같이 있었소. (몰아세우면서) 어떻게 감히 여기 와서 나를 모함하려 하는 거요? 당신이 일부러 그 아이를 보낸 거지.

둘리틀 (저항하면서) 아닙니다요, 나리.

히긴스 틀림없이 그랬어. 그렇지 않다면 어떻게 그 애가 여기 온 걸 알았소?

둘리틀 사람을 그렇게 몰아세우지 마십시오, 나리.

히긴스 경찰이 당신을 데려갈 거요. 이건 함정이야. 협박해서 돈을 뜯어내려는 음모라고. 경찰에 전화하겠소. (단호하게 전화기로 가서는 전화번호부를 편다)

둘리틀 제가 언제 동전 한 닢이라도 달라고 했나요? 여기 계신 신사분의 처분에 맡기죠. 제가 돈 얘기를 한 마디라도 했나요?

히긴스 (전화번호부를 던져 놓고는 둘리틀에게 어려운 문제를 가지고 다가간다) 그렇지 않다면 왜 온 거요?

둘리틀 (상냥하게) 글쎄, 제가 왜 왔겠습니까? 인간적으로 생각해 보십쇼, 나리.

히긴스 (누그러져서) 앨프리드, 당신이 저 아이에게 그렇게 하라고 시킨 거요?

둘리틀 맙소사, 나리, 결단코 아닙니다. 성서에 대고 맹세하건대 두 달이나 딸아이를 보지 못했답니다.

히긴스 그런데 그 아이가 여기 있는 걸 어떻게 알았소?

둘리틀 (가장 음악적으로, 가장 애수 깊게) 말씀드리죠, 나리. 제게 말할 기회만 주신다면요. 저는 기꺼이 말씀드릴 겁니다. 저는 말씀드리고 싶습니다. 저는 말씀드리려고 기다리고 있습니다.

히긴스 피커링, 이 친구는 수사학에 타고난 재능을 지니고 있소. 그의 타고난 소박한 언어 리듬을 좀 보세요. 〈저는 기꺼이 말씀드릴 겁니다. 저는 말씀드리고 싶습니다. 저는 말씀드리려고 기다리고 있습니다.〉 감성적인 수사학이에요! 저 사람에게는 웨일스 사람의 기질이 있어요. 그것이 또한 저자의 거짓과 사기성을 말해 주는 것이죠.[25]

피커링 아, 제발, 히긴스. 나도 서쪽 지방 출신이오.[26] (둘리틀에게) 당신이 보낸 게 아니라면 저 아이가 여기에 있는 걸 어떻게 알았소?

둘리틀 이렇게 된 겁니다, 나리. 저 애는 택시를 탈 때

25 히긴스는 여기서 모든 웨일스인은 사기성이 있다는 편견을 드러내고 있다.
26 피커링은 자신이 서쪽 지방인 첼튼엄 출신임을 언급하고 있다.

바람을 쐬어 주려고 아이를 하나 데리고 탔어요. 집주
인 아들이죠. 그 아이는 집에 올 때도 태워 주겠거니
하고 매달린 거죠. 그런데 선생님께서 여기 있어도 된
다고 하시는 걸 듣고는 딸애가 그 녀석에게 짐을 가지
러 보낸 겁니다. 저는 그 녀석을 롱에이커와 엔델 거리
모퉁이에서 만났고요.

히긴스 술집이군, 그렇죠?

둘리틀 가난한 사람들이 가는 클럽입니다, 나리. 왜, 가
면 안 됩니까?

피커링 저 사람이 이야기를 마무리하게 하시오, 히긴스.

둘리틀 그 녀석이 제게 어떻게 된 일인지 얘기를 해주었
답니다. 아버지된 도리로서 제 기분이 어떠했겠습니
까? 그 애에게 짐을 가져오라고 했지요.

피커링 왜 직접 가지러 가지 않았소?

둘리틀 집주인 여자가 저를 믿지 않는답니다, 나리. 그
런 여자예요. 저를 믿게 하기 위해서 그 녀석에게 1페
니를 주었답니다. 돼지 같은 녀석. 저는 선생님들께
감사드리고, 인사하기 위해서 딸아이의 짐을 가져온
것뿐입니다요.

히긴스 짐이 몇 개요?

둘리틀 악기가 있굽쇼, 나리, 거기다 그림 몇 점하고 싸
구려 장신구하고 새장입니다. 옷은 필요 없다고 했습
니다요. 그 말을 듣고 제가 어떻게 생각했겠습니까,

나리? 아비로서 제가 무슨 생각을 했겠습니까?

히긴스 그래서 그 애를 죽음보다 더 끔찍한 곳에서 구출하기 위해 왔다 이거지요, 네?

둘리틀 (자기를 잘 이해해 주는 것에 안도하고 고마워하며) 그렇습죠, 나리. 바로 그렇습니다.

피커링 헌데 그 아이를 데려갈 생각이라면 왜 짐을 가지고 왔소?

둘리틀 제가 언제 그 애를 데려간다고 한마디라도 했던가요? 지금 하고 있나요?

히긴스 (단호하게) 그 애를 당장 데려가도 돼요. 지금 당장이라도. (벽난로로 건너가서 벨을 누른다)

둘리틀 (일어서면서) 아닙니다, 나리. 그런 말씀 마십쇼. 저는 제 딸의 장래에 방해가 되는 사람이 아닙니다. 말씀하신 대로 여기서는, 출셋길이 열리는데, 그리고…….

피어스 부인이 문을 열고 지시를 기다린다.

히긴스 피어스 부인, 여기 일라이자의 부친이 있소. 그 애를 데려가려고 왔소. 그 애를 이 사람에게 내주시오. (마치 모든 일에 손을 씻는다는 태도로 피아노로 간다)

둘리틀 아닙니다. 그건 오해입니다. 들어 보십쇼…….

피어스 부인 그 애를 데려갈 수는 없어요, 히긴스 선생

83

님. 어떻게 그러겠어요? 그 애 옷을 다 태워 버리라고 하셨잖아요?

둘리틀 맞는 말씀입니다. 원숭이 같은 꼴로 길거리를 끌고 다닐 수는 없지 않습니까? 선생님께 맡기겠습니다요.

히긴스 당신이 딸을 원한다고 하지 않았소. 어서 데려가시오. 옷이 없다면 나가서 사주시오.

둘리틀 (절박해서) 그 애가 입고 온 옷은 어디 있습니까? 내가 불태웠나요? 아니면 여기 계시는 사모님이 그러셨나요?

피어스 부인 나는 이 집의 가정부예요. 그 애가 입을 옷을 사라고 사람을 보냈습니다. 옷이 오면 아이를 데리고 가셔도 돼요. 주방에서 기다리세요. 이쪽으로 오세요.

둘리틀, 매우 난처해하며 부인을 따라 문으로 가다가 머뭇거리더니 마침내 은근슬쩍 히긴스에게 다가간다.

둘리틀 들어 보십쇼, 나리. 선생님과 저는 세상 물정에 밝은 남자들 아닙니까, 그렇죠?

히긴스 아! 세상 물정에 밝은 남자라, 그런가? 피어스 부인은 가시는 게 좋겠소.

피어스 부인 제 생각도 그렇습니다, 선생. (품위 있게

나간다)

피커링 이제 당신이 말씀하실 차례요, 둘리틀 씨.

둘리틀 (피커링에게) 고맙습니다, 나리. (히긴스에게, 히
긴스는 직업상 먼지 냄새를 풍기는 둘리틀이 너무 가까
이 있는 것에 당황해서 피아노 의자로 피신해 있던 참이
다) 음, 사실은 말이죠, 제가 나리에 대해서 엉뚱한 생
각을 했더랍니다, 나리. 만약 나리께서 딸년을 원하시
면, 그 애를 집으로 데려가지 않고 합의를 보려고 했
습죠. 젊은 여자라고 생각하면, 그 애는 예쁘고 잘생
긴 편이죠. 딸로서는 데리고 있을 가치가 없지만요.
단도직입적으로 말씀드리겠습니다. 제가 바라는 것
은 아비로서의 권리뿐입니다요. 나리께서도 제가 돈
도 안 받고 그 애를 내줄 거라고는 절대 생각하지 않
으실 겁니다. 나리가 직설적인 분이신 걸 저도 알 수
있습죠, 나리. 음, 그러니까 5파운드짜리 지폐 한 장이
나리께 무슨 의미가 있겠습니까? 그리고 일라이자는
제게 어떤 의미일까요? (자기 의자로 돌아가서 법관처
럼 앉는다)

피커링 둘리틀 씨, 당신은 히긴스 씨의 의도가 전적으
로 고결하단 걸 알아야만 하오.

둘리틀 물론 그렇습죠, 나리. 그렇지 않다고 생각했다
면 50파운드를 요구했을 겁니다.

히긴스 (반감을 느끼며) 그럼 딸을 50파운드에 팔 수 있

다는 말이요?

둘리틀 일반적인 경우에는 안 되죠. 하지만 나리 같은 신사 양반께는 잘해 드립니다. 제가 보증합죠.

피커링 당신에게는 양심이 없소?

둘리틀 (태연하게) 그런 건 챙길 여유가 없습니다, 나리. 나리도 저처럼 가난했다면 마찬가지였을 겁니다. 저는 전혀 해를 끼치려는 생각이 없습니다. 하지만 리자가 여기서 조금이라도 챙긴다면, 왜 저는 안 되겠습니까?

히긴스 (난처해하며) 어떻게 해야 할지 모르겠군요, 피커링. 도덕적으로는 이자에게 동전 하나라도 주는 게 명백한 잘못이란 건 의심할 여지도 없소. 하지만 이 사람의 주장에서 조잡하긴 해도 어떤 정당성이 느껴지는군요.

둘리틀 그렇습죠, 나리. 제 말이 그 말입니다. 말하자면 아비의 심정이죠.

피커링 당신 심정은 알겠소만 정말 옳은 것 같지는 않소.

둘리틀 그런 말씀 마십시오, 나리. 그런 식으로 보지 마세요. 제가 누굽니까, 나리들? 두 분께 묻겠습니다요. 제가 누굽니까? 저는 비보호대상 빈민입니다. 그게 바로 접니다. 그게 한 인간에게 어떤 의미인지 아십니까? 그건 언제나 중산층의 도덕률에서 어긋나 있다는 걸 의미합니다. 무슨 일이 생겨서 조금이라도 지원을 요청하게 되면 언제나 같은 얘기죠. 〈당신은 비보호대상이야, 그러니까 받을 수 없어.〉하지만 저도 남편 하나 죽은 걸 가지고 1주일에 여섯 개 교구에서 돈을 받아 내는 보호대상 과부만큼 필요한 게 많습니다. 보호대상 남자보다 덜 필요한 것도 아니랍니다. 전 더 많이 필요합죠. 그자들보다 더 적게 먹지도 않고, 술은 더 많이 마십니다요. 생각이 많기 때문에 여흥거리도 필요하답니다. 저는 우울할 때 오락과 음악 그리고 밴드를 원합죠. 그런데 돈은 보호대상자랑 똑같이 내라고 합니다. 중산층 도덕률이란 게 뭡니까? 그저 제게 아무것도 주지 않으려는 핑계에 불과합죠. 그러니까 제발, 두 신사 양반께서는 제게 장난치지 마십쇼. 저는 솔직하게 대하고 있는 겁니다. 저는 보호대상인 척하지 않습니다. 저는 비보호대상이에요. 그리고 계속 비보호대상일 겁니다. 전 그게 좋습니다. 사실이에요. 저는 땀 흘려 가며 기르고, 먹이고, 입혀서 두 신사 양반의 관심을 끌 만큼 딸년을 키웠습니다. 그런데 제 인간성을 핑계로 그 대가를 주시지 않는 건 아니겠죠? 5파운드가 터무니없는 겁니까? 나리께 맡기겠습니다. 알아서 하십쇼.

히긴스 (일어서서 피커링에게로 가며) 피커링, 우리가 이 자를 석 달만 데리고 있으면 내각이나 웨일스의 대중 설교단 중 하나로는 진출할 수 있을 것 같군요.

피커링 당신 의견은 어떻소, 둘리틀?

둘리틀 감사합니다만, 전 아닙니다, 나리. 저는 설교란
설교, 수상의 연설이란 연설은 다 들었습죠. 저는 생
각이 많은 사람이고 다른 오락거리와 마찬가지로 정
치나 종교, 사회 개혁에도 흥미가 있습죠. 그런데 그
런 것들은 어떻게 보든지 개 같은 인생이란 말입니다
요. 비보호대상 빈민, 그게 제 노선입죠. 이것을 다른
것과 비교해 보니, 그게, 그게 유일하게 제 구미에 맞
는 겁니다요.

히긴스 저자에게 5파운드를 줘야 할 것 같소.

피커링 그 돈을 잘못 쓸까 걱정이요.

둘리틀 그렇지 않습니다, 나리. 절대 그렇지 않아요. 제
가 그 돈을 아끼고 남겼다가 천천히 쓸까 봐 염려는
마십쇼. 월요일이면 동전 하나 안 남을 겁니다. 돈 한
푼 없었던 것처럼 다시 일하러 가야 할 겁니다. 그 돈
이 저를 일도 안 하는 부랑자로 만들지는 않을 겁니
다. 그냥 저와 마누라를 위해서 한바탕 노는 데 쓰는
거죠. 우리는 즐겁고, 다른 이들에게는 일거리를 주고,
나리들께는 낭비한 게 아니라는 만족감을 주는 거죠.
그 돈을 이보다 더 잘 쓰실 수는 없을 겁니다.

히긴스 (지갑을 꺼내서 둘리틀과 피아노 사이로 오며) 도
저히 못 당하겠구먼. 10파운드를 줍시다. (지폐 두 장
을 청소부에게 준다)

둘리틀 아니요, 나리. 마누라에게는 10파운드를 쓸 배

짱이 없습죠. 저도 그렇고요. 10파운드는 큰돈입죠. 그건 사람을 신중하게 만듭니다. 그러면 행복이랑은 안녕이죠. 제가 달라는 만큼만 주십쇼, 나리. 1페니도 더 주거나 덜 주시지 말고요.

피커링 왜 그 여자와는 결혼하지 않는 거요? 나라면 그런 부도덕한 상황을 계속 유지하지는 않을 텐데 말이지요.

둘리틀 그 여자에게 그렇게 말씀하십쇼, 나리. 그 여자에게 말씀하십쇼. 저는 하고 싶습죠. 그 일로 고통받는 건 바로 접니다. 그 여자는 제 맘대로 할 수가 없어요. 그 여자의 비위를 맞춰야 하고 선물을 사줘야 하고, 말도 안 되게 비싼 옷도 사줘야 합니다. 전 그 여자의 노예랍니다, 나리. 단지 제가 그 여편네의 법적 남편이 아니란 이유로 그렇습니다. 그리고 그 여자도 그걸 알고 있습죠. 그 여자는 나랑 절대 결혼 안 하죠! 제 충고를 들으십쇼, 나리. 일라이자가 어리고 뭘 모를 때 결혼하십쇼. 결혼 안 하면 나중에 후회하게 될 겁니다. 결혼하면 그 애가 후회하게 되겠죠. 하지만 나리보다는 그 애가 후회하는 게 낫습죠. 그 애는 여자에 불과하고 어차피 행복해지는 법을 모르니까 말입죠.

히긴스 피커링, 저 자의 말을 1분이라도 더 듣고 있다가는, 어떤 확신도 남아 있지 않을 것 같소. (둘리틀에게)

5파운드라고 했죠.

둘리틀 대단히 감사합니다, 나리.

히긴스 정말 10파운드는 원하지 않는 거요?

둘리틀 지금은 아닙니다. 다음에요, 나리.

히긴스 (둘리틀에게 5파운드짜리 지폐를 건네면서) 여기 있소.

둘리틀 고맙습니다, 나리. 안녕히 계십쇼. (둘리틀, 자신이 얻은 노획물을 가지고 빨리 나가고 싶어서 서둘러 문으로 간다. 문을 열자 작고 흰 재스민 꽃무늬가 정교하게 새겨진 단정한 파란색의 면 기모노를 입은, 우아하고 완벽하게 깨끗한 젊은 일본 여자와 마주친다. 둘리틀은 공손하게 그녀에게 길을 내주면서 사과한다) 죄송합니다, 아가씨.

일본 숙녀 이런! 자기 딸도 못 알아봐요?

둘리틀
히긴스 { 동시에 소리를 지른다 } 맙소사! 일라이자잖아!
피커링   저게 뭐야? 이런!
                                          하나님 맙소사!

리자 나 바보 같아 보이지 않아요?

히긴스 바보라고?

피어스 부인 (문에서) 히긴스 선생님, 저 애가 우쭐하게 될 말은 삼가 주세요.

히긴스 (성실하게) 아! 맞아요, 피어스 부인. (일라이자에게) 그래, 빌어먹게 바보스럽구나.

피어스 부인 선생님, 제발.

히긴스 (정정하면서) 내 말은 지독하게 바보스럽다는 거야.

리자 모자를 쓰면 괜찮아 보일 거예요. (모자를 들고 써 본다. 그러고는 벽난로를 향해서 방을 가로질러 멋지게 걸어간다)

히긴스 맙소사! 새로운 패션이군. 끔찍해 보이는 게 당연해!

둘리틀 (아버지로서 자부심을 가지고) 저 애가 씻고 나면 저렇게 아름다워질 거라고는 생각도 못 했습니다요, 나리. 저 애는 제 명예입니다, 안 그렇습니까?

리자 여기서는 씻기가 쉬워요. 뜨거운 물, 찬물이 수도 꼭지에서 원하는 만큼 얼마든지 나와요. 폭신한 타월 이 있고 타월 걸이는 얼마나 뜨거운지 손가락이 델 정 도에요. 몸을 문지르는 부드러운 솔에다가 앵초 향이 나는 비누가 나무 갑 속에 들어 있어요. 이제 왜 숙녀 들이 그렇게 깨끗한지 알았어요. 씻는 게 그분들한테 는 큰 즐거움이겠더라고요. 그분들이 나 같은 애가 어 떻게 사는지 보셔야 하는데!

히긴스 욕실을 좋아한다니 다행이구나.

리자 그렇지 않아요. 전혀 아니에요. 이 말을 누가 듣든 상관 안 해요. 피어스 부인도 아시는걸요.

히긴스 뭐가 문제요, 피어스 부인?

피어스 부인 (담담하게) 오, 아무것도 아닙니다, 선생님. 별거 아닙니다.

리자 나는 부숴 버리려고 했어요. 어딜 봐야 할지 모르겠더라고요. 그래서 타월로 덮어 놓았어요. 그랬다고요.

히긴스 무엇을 말이야?

피어스 부인 거울 말입니다, 선생님.

히긴스 둘리틀 씨, 딸을 너무 엄격하게 키우셨소.

둘리틀 내가요! 난 저 애를 키운 적이 없습니다. 가끔가다 매질을 한 것 빼고는요. 절 탓하지 마십쇼, 나리. 저 애는 익숙하지 않을 뿐입니다요. 하지만 곧 선생님의 자유롭고 편한 방식을 배우게 될 겁니다.

리자 난 착한 애예요, 착한 애라고요. 자유롭고 편한 방식 따위는 배우지 않을 거예요.

히긴스 일라이자, 한 번만 더 착한 애란 말을 하면, 네 아버지가 너를 집으로 데려갈 거다.

리자 아버지는 안 돼요. 선생님은 아버지를 몰라요. 저 사람이 여기 온 이유는 선생님께 술 마실 돈을 뜯어내려는 것뿐이라고요.

둘리틀 내가 다른 어디에 돈이 필요하겠니? 교회 헌금 상자에 넣으면 되겠구나. (일라이자가 둘리틀을 향해서 혀를 내민다. 그것을 본 둘리틀이 너무 화를 내자 피커링은 둘 사이에 끼어들 필요가 있다고 느낀다) 내게 주둥이를 나불거리지 마라. 이 신사분한테도 그러기만 해봐라. 그랬다가는 나한테 큰코다친다, 알았지?

히긴스 이 아이에게 더 해줄 충고가 있나요, 둘리틀 씨? 예를 들어서 축복을 해준다든지.

둘리틀 아니요, 나리. 저는 제가 아는 것 전부를 애들에게 알려 줄 만큼 바보는 아닙니다. 그러지 않아도 애들 간수가 힘든데요. 일라이자가 나아지길 원하신다면, 나리, 직접 매질을 하십시오. 안녕히들 계십시오, 나리들. (나가려고 돌아선다)

히긴스 (엄숙하게) 잠깐 멈추시오. 딸을 정기적으로 만나러 오시오. 그게 당신의 의무요. 내 형이 목사인데 당신이 딸과 대화 나누는 걸 도와줄 수 있을 거요.

둘리틀 (얼버무리며) 그럼요, 보러 오겠습니다, 나리. 이번 주는 안 됩니다. 왜냐면 제가 먼 곳에 가서 일을 해야 하거든요. 하지만 나중이라면 믿으셔도 됩니다. 안녕히 계십쇼, 신사 양반님들. 안녕히 계십쇼, 부인. (피어스 부인을 보고 모자에 손을 대지만 부인은 그 인사가 싫어서 나간다. 그는 히긴스도 피어스 부인의 까다로운 성품 때문에 자신과 마찬가지로 고생을 하고 있을 거라고 생각하면서, 그를 보고 윙크를 하더니 부인을 쫓아 나간다)

리자 저 늙은 거짓말쟁이를 믿지 마세요. 저자에게는 목사님을 붙이는 것보다 불도그 한 마리를 붙이는 게 나아요. 쉽사리 다시 만나지는 못할 거예요.

히긴스 다시 만나고 싶지는 않아, 일라이자. 너는 그러고 싶니?

리자 나도 아니에요. 다시는 만나고 싶지 않아요. 아버지는 내게 수치일 뿐이에요. 아버지는 원래 하던 일은 놔두고 쓰레기나 주우러 다녀요.

피커링 하던 일이 뭔데, 일라이자?

리자 다른 사람 주머니에서 돈을 긁어내는 거죠. 진짜 직업은 노동자예요. 어쩌다가 운동 삼아 그 일을 하고 돈도 꽤나 벌어요. 저를 더 이상 둘리틀 양이라고 부르지 않으실 건가요?

피커링 미안해요, 둘리틀 양. 말이 잘못 나온 거야.

리자 괜찮아요. 그저 그게 더 점잖게 들려요. 택시를 타고 토트넘 코트 길 모퉁이에 가고 싶어요. 거기에 내려서 택시를 기다리게 하고 여자애들에게 주제를 알게 해주고 싶어요. 걔들한테 말을 걸지는 않을 거예요.

피커링 네가 정말 화려한 옷을 입게 될 때까지 기다리는 게 나을 텐데.

히긴스 그뿐 아니라 네가 출세하게 되었다고 옛 친구를 끊으면 안 되지. 그걸 속물근성이라고 부르는 거다.

리자 그런 애들을 더 이상 내 친구라고 부르지 마세요. 부탁이에요. 걔네들은 기회가 있을 때마다 놀리면서 나를 괴롭혔어요. 이제 갚아 줄 거예요. 하지만 멋진 옷을 가지게 될 거라면 기다릴래요. 옷을 몇 벌 갖고 싫었거든요. 피어스 부인 말씀이 선생님이 낮에 입는 옷과 다른, 밤에 잘 때 입는 옷도 몇 벌 주실 거래요. 하지만 그건 돈 낭비 같아요. 자랑할 만한 멋진 옷을 살 수도 있는데 말이죠. 거기다가, 겨울밤에 차가운 옷으로 갈아입는다는 것은 꿈도 꿀 수 없거든요.

피어스 부인 (돌아와서는) 자, 일라이자. 네가 입어 볼 새 옷들이 왔다.

리자 아 — 오우 — 오 — 오! (뛰어나간다)

피어스 부인 (따라가면서) 그렇게 급하게 가지 마라, 얘야. (문을 닫고 나간다)

히긴스 피커링, 우린 힘든 일을 떠맡았어요.

피커링 (확신 있게) 그렇게 되었군, 히긴스.

***

일라이자를 가르치는 히긴스의 수업이 무엇인지 궁금할 것이다. 여기 그 첫 번째 예가 있다.

익숙하지 않은 아침, 점심, 저녁 식사 때문에 위장에 탈이 났다고 느끼는 일라이자가 새 옷을 입고 서재에서 히긴스 그리고 대령과 함께 앉아 있는 모습을 그려 보라. 그녀는 처음으로 의사를 만나는 환자의 기분이다.

히긴스는 체질적으로 가만히 앉아 있지 못하기에 안절부절못하며 왔다 갔다 함으로써 일라이자를 더 불안하게 만든다. 그녀의 친구인 대령의 안정감을 주는 존재감과 평온

함이 없었더라면 그녀는 무슨 수를 써서라도 도망을 쳤을 것이다. 드루어리 레인으로 돌아가야 할지라도 말이다.

히긴스 알파벳을 발음해 봐.

리자 알파벳은 나도 알아요. 내가 아무것도 모르는 줄 아세요? 어린애를 가르치듯이 할 필요 없어요.

히긴스 (버럭 소리를 지르면서) 알파벳을 발음해 보라고.

피커링 해봐요, 둘리틀 양. 곧 이해하게 될 거야. 선생님이 하라는 대로 해요. 선생님 방식대로 가르치게 해요.

리자 음, 그렇게 말씀하신다면……. 아이, 버이, 커이, 더이 ──

히긴스 (상처 입은 사자처럼 포효하면서) 그만해. 들어보시오, 피커링. 이게 우리가 초등 교육을 위해 돈을 지불한 결과요. 셰익스피어와 밀턴의 언어를 읽고 말하도록 가르치라고 우리가 낸 돈으로 이 불운한 동물은 9년 동안이나 학교에 붙잡혀 있었소. 그런데 결과가 〈아이, 버이, 커이, 더이〉라니. (일라이자에게) 〈에이, 비, 시, 디〉라고 해봐라.

리자 (거의 울면서) 지금 하고 있잖아요. 아이, 버이, 커이 ──

히긴스 그만해. 〈어 컵 오브 티〉라고 해봐.

리자 어 카퍼터이.

히긴스 혀를 아랫니 위쪽을 밀 때까지 앞으로 내밀어

봐. 그리고 〈컵〉이라고 해봐.

리자 크, 크, 크……. 못하겠어요. 커, 컵.

피커링 잘했어. 멋져요, 둘리틀 양.

히긴스 첫 시도에 해내는군. 피커링, 우리는 저 애를 공작 부인으로 만들 수 있을 거요. (일라이자에게) 이제 〈티〉라고 할 수 있겠니? 터이가 아니란다. 또다시 〈버이, 커이, 더이〉라고 한다면 머리끄덩이를 잡힌 채 이 방을 세 바퀴나 끌려다닐 거다. (강하게) 티, 티, 티, 티.

리자 (울면서) 저는 차이를 모르겠어요. 단지 선생님이 하는 게 더 점잖게 들린다는 것밖에는요.

히긴스 차이를 모르겠다면 도대체 왜 우는 거냐? 피커링, 저 아이에게 초콜릿을 줘요.

피커링 아니, 아니. 조금 우는 것도 괜찮아요, 둘리틀 양. 잘하고 있어요. 수업 중에 아플 일은 없을 거예요. 선생님이 둘리틀 양의 머리채를 잡고 끌고 다니게 하지는 않을 거야.

히긴스 피어스 부인에게 가서 해봐라. 생각을 해봐. 스스로 하려고 애를 써보라고. 혀를 말아서 삼켜 버리는 대신에 입안에서 앞으로 쭉 빼려고 해봐. 다음 수업은 오후 4시 30분이다. 가봐.

일라이자, 울면서 방을 뛰쳐나간다.

이런 식의 시련을 몇 달 동안 거치고 나서야 우리는 런던 사회의 전문직 종사자들이 있는 곳에 일라이자가 처음으로 등장하는 것을 보게 된다.

제3막

히긴스 부인의 접대일[27]이다. 아직 아무도 도착하지 않았다. 첼시 엠뱅크먼트[28]에 위치한 집 거실에는 강을 내다보는 창문이 세 개 있다. 천장은 비슷하게 멋을 부린 더 오래된 집들에 비해서는 높은 편이 아니다. 창문이 열려 있어서 발코니에 있는 꽃병의 꽃들을 볼 수 있다. 얼굴을 창문 쪽으로 향해 서 있을 때, 벽난로는 왼편이고 창에 가장 가까운 구석 근처 오른쪽 벽에 문이 있다.

히긴스 부인은 모리스,[29] 번 존스[30]와 더불어 성장했다. 그녀의 방은 가구와 작은 책상들 그리고 자잘한 장식품 등으로 복잡한 윔폴 거리의 아들의 방과는 다르다. 방 가운데

27 영국의 사교계 여성들은 방문객을 맞이하기 위해서 접대하는 날을 지정, 공지하곤 했다.

28 템스 강변으로 예술가들이 많이 거주하는 곳이다.

29 William Morris(1834~1896). 공예가이자 시인.

30 Sir Edward Coley Burne-Jones(1833~1898). 화가. 로세티Dante Gabriel Rossetti(1828~1882)가 활동하고 있는 전기 라파엘파와 공감대를 갖고 있었다.

에는 커다란 오토만 의자[31]가 있다. 이 의자와 모리스풍의
벽지, 창문의 모리스풍의 면 커튼, 무늬가 도드라지는 오토
만 의자 커버 그리고 쿠션들이 장식의 전부인데 너무 멋져
서 불필요한 잡동사니로 가려서는 안 되는 것들이다. 30년
전 그로스브너 화랑[32]의 전시회에서 구입한 멋진 유화 몇
점이(번 존스의 것인데, 휘슬러[33]풍은 아니다) 벽에 걸려 있
다. 유일한 풍경화는 루벤스 규모의 세실 로슨[34]의 것이다.
히긴스 부인이 유행을 무시하고 아름다운 로세티안 의상을
입고 있는 젊은 시절 초상화가 있는데, 잘 모르는 사람들이
희화화한다면 1870년대에 인기 있던 유미주의의 괴상한 모
습으로 보일 수도 있다.[35]

문과 대각선 쪽의 구석에는 이제 예순이 넘어 더 이상 유
행을 무시하며 옷을 입는 수고를 할 필요가 없는 히긴스 부
인이 깔끔하고 우아한 책상에 앉아서 글을 쓰고 있다. 책상
에는 손이 닿는 곳에 누름 단추가 놓여 있다. 그녀와 가장
가까운 유리창 사이, 방의 뒤쪽에는 치펀데일[36] 스타일의

31 등, 팔걸이 없는 낮은 의자를 말한다.
32 Grosvenor Gallery. 1877년에서 1890년까지 있었던 화랑으로 전
기 라파엘파의 그림이 물의를 빚고 있을 때에도 그 그림들을 많이 전시
하였다.
33 James Abbott McNeill Whistler(1834~1903). 유미주의 화가.
34 Cecil Lawson(1851~1882). 영국의 화가. 루벤스처럼 대형 그림
을 그렸다.
35 거실의 전체적인 분위기뿐 아니라 의상 또한 전기 라파엘파 화가
로세티의 영향을 받았음을 말하고 있다. 히긴스 부인이 거주하고 있는
첼시는 로세티가 살던 곳이기도 하다.

의자가 놓여 있다. 방의 앞쪽에는, 이니고 존스풍으로 거칠게 조각된 엘리자베스 시대 의자가 놓여 있다. 또 그곳에는 피아노가 장식함 속에 들어 있다. 벽난로와 창문 사이 구석에는 모리스 스타일의 사라사 면으로 쿠션을 씌운 긴 의자가 놓여 있다.

오후 4시에서 5시 사이다.

문이 거칠게 열리더니 히긴스가 모자를 쓴 채 들어온다.

히긴스 부인 (깜짝 놀라서) 헨리! (나무라며) 여기는 웬일이니? 오늘은 내 손님 접대일이야. 오지 않기로 약속했잖아. (아들이 키스하기 위해 몸을 숙이자, 모자를 벗겨서 그에게 준다)

히긴스 이런! (모자를 탁자 위에 던져 놓는다)

히긴스 부인 당장 집으로 돌아가.

히긴스 (키스를 하면서) 알아요, 어머니. 일부러 온 거예요.

히긴스 부인 와서는 안 돼. 정말이야, 헨리. 너는 내 친구들을 기분 나쁘게 만들어. 너를 만나고 나면 다시는 오지 않아.

히긴스 말도 안 돼요! 내가 잡담 같은 걸 하지 않는 건 알아요. 하지만 사람들은 어차피 상관하지 않아요. (소파에 앉는다)

히긴스 부인 아, 그래? 잡담이란 말이지! 넌 늘 깊이 있

36 Thomas Chippendale(1718~1779). 18세기 영국의 가구 제작자.

는 얘기만 하고? 정말이지, 얘야, 여기 있으면 안 돼.

히긴스 있어야만 해요. 어머니한테 일이 있어요. 음성학에 관련된 일이에요.

히긴스 부인 소용없단다, 얘야. 미안하구나. 아무래도 나는 네 모음들에 대해 관심을 가질 수가 없구나. 물론 독특한 속기로 쓴 예쁜 엽서를 받는 건 기쁘다만, 네가 사려 깊게도 보통 글자로 써서 다시 보내 준 복사본을 항상 다시 읽어야만 한단다.

히긴스 음, 이건 음성학에 관한 일이 아니에요.

히긴스 부인 아까 그렇다고 했잖니.

히긴스 어머니가 할 일은 그게 아니에요. 내가 여자애를 하나 잡았어요.

히긴스 부인 그 여자가 너를 잡았다는 말이니?

히긴스 전혀 아니죠. 연애 같은 걸 말하는 게 아니에요.

히긴스 부인 저런 안됐구나!

히긴스 왜요?

히긴스 부인 너는 마흔다섯 살이 안 된 여자와는 결코 사랑에 빠지지 않잖아. 예쁜 여자들이 곁에 있다는 걸 언제 깨달을래?

히긴스 아, 난 젊은 여자들 때문에 신경을 쓰고 싶지 않아요. 사랑스러운 여자에 대한 제 생각은 가능한 한 어머니를 닮아야 한다는 거죠. 내가 젊은 여자를 심각하게 좋아하게 될 일은 결코 없을 거예요. 너무 깊이

박혀서 바뀔 수가 없어요. (갑자기 일어서더니 동전과 열쇠를 바지 주머니 안에서 쩔렁거리면서 돌아다닌다) 거기다가, 그 여자들은 다 바보예요.

히긴스 부인 네가 나를 정말로 사랑한다면 무엇을 해야 하는지 아니, 헨리?

히긴스 오, 이런! 뭔데요? 결혼하는 거겠죠, 뭐.

히긴스 부인 아니다. 그만 진정하고, 주머니에서 손 좀 빼라. (절망스럽다는 동작을 하더니, 그는 어머니의 말을 따라 다시 앉는다) 잘했다. 자, 이제 그 여자애에 대해서 얘기해 봐.

히긴스 어머니를 만나러 올 거예요.

히긴스 부인 나는 오라고 한 기억이 없는데.

히긴스 그러신 적 없어요. **내가** 그 애한테 부탁했어요.

히긴스 부인 정말! 왜?

히긴스 그게, 이렇게 됐어요. 그 애는 천한 꽃 파는 여자애에요. 제가 길거리에서 데려왔죠.

히긴스 부인 그런데 그 애를 내 집에 초대했다고!

히긴스 (일어나더니 어머니를 달래려고 다가간다) 아, 괜찮을 거예요. 제대로 말하는 법을 가르쳤거든요. 어떻게 행동해야 하는지는 엄격하게 지시해 놓았어요. 두 가지 주제에만 집중할 거예요. 날씨하고 사람들의 건강요. 날씨가 좋군요, 안녕하세요, 같은 거 말이죠. 다른 얘기는 하지 못하게 할 거예요. 그게 안전하겠죠.

히긴스 부인 안전하다고! 우리의 건강에 대해서 말한다고! 우리의 몸 안에 대해서! 어쩌면 우리 몸의 바깥에 대해서도 말이지! 어떻게 그렇게 어리석을 수 있니, 헨리?

히긴스 (참지 못하고) 그 애도 뭐든 얘기는 해야 하잖아요. (자제하면서 다시 앉는다) 그 애는 잘할 거예요. 너무 걱정하지 마세요. 피커링도 참여했어요. 6개월이면 공작 부인 행세를 할 수 있다고 내기를 했어요. 몇 달 전에 시작했어요. 그리고 그 애는 집에 불이 난 것처럼 빨리 해내고 있어요. 내가 내기에서 이길 것 같아요. 그 애는 좋은 귀를 가지고 있어요. 중산층 학생들을 가르치는 것보다 더 쉬워요. 그 애는 완전히 새로운 언어를 배우는 셈이거든요. 어머니가 불어를 하시듯 영어를 하는 거죠.

히긴스 부인 어쨌든 만족스럽겠구나.

히긴스 그렇기도 하고 그렇지 않기도 해요.

히긴스 부인 그게 무슨 말이니?

히긴스 그게요, 발음은 제대로 해요. 하지만 발음하는 것만 아니라 무슨 말을 해야 하는지도 신경을 써야 하잖아요. 그런데 거기서……

그들의 대화는 하녀가 손님이 왔음을 알리는 바람에 중단된다.

하녀 아인스포드 힐 부인과 따님입니다. (물러간다)

히긴스 이런 맙소사! (일어나서 탁자 위에 있던 모자를 잡아채더니 문을 향한다. 하지만 문에 이르기 전에 어머니가 그를 소개한다)

아인스포드 힐 부인과 딸은 코번트 가든에서 비를 피하던 그 모녀. 어머니는 좋은 집안에서 자란 조용한 사람으로 쪼들리는 경제 상황을 습관적으로 걱정하며 지낸다. 딸은 사교계에 익숙하며 밝은 태도를 지니고 있다. 가난하지만 신분은 높은 자가 지닌 허세를 보인다.

아인스포드 힐 부인 (히긴스 부인에게) 안녕하셨습니까? (악수를 한다)

아인스포드 힐 양 (히긴스 부인에게) 안녕하세요? (악수를 한다)

히긴스 부인 (소개하면서) 우리 아들 헨리입니다.

아인스포드 힐 부인 아, 그 유명한 아드님요! 정말 뵙고 싶었습니다, 히긴스 교수님.

히긴스 (퉁명스럽게, 부인 쪽으로는 꿈쩍도 안 하며) 반갑습니다. (피아노를 등지고 서서 무뚝뚝하게 인사한다)

아인스포드 힐 양 (자신 있게 친근한 태도로 그에게 다가가서) 안녕하세요?

히긴스 (뚫어지게 쳐다보더니) 전에 본 적이 있어요. 어디

서였는지는 도무지 모르겠지만. 그 목소리를 들은 적이 있어요. (따분하다는 듯이) 상관없어요. 앉으세요.

히긴스 부인 유명한 우리 아들이 원래 매너가 없어요. 상관하지 마세요.

아인스포드 힐 양 (명랑하게) 괜찮아요. (엘리자베스 시대 의자에 앉는다)

아인스포드 힐 부인 (약간 당황해서) 괜찮습니다. (딸과 히긴스 부인 사이의 등받이 없는 의자에 앉는다. 히긴스 부인은 의자를 테이블에서 약간 떼어 놓고 앉는다)

히긴스 제가 무례했나요? 그럴 의도는 없었어요.

그는 가운데 유리창으로 가서 사람들에게 등을 보이고 서서는 강과 건너편 강둑 쪽에 있는 배터시 공원의 꽃을 얼어붙은 사막이라도 되는 것처럼 응시하고 있다.

하녀가 피커링을 안내해서 돌아온다.

하녀 피커링 대령입니다. (물러간다)

피커링 안녕하십니까, 히긴스 부인?

히긴스 부인 오셔서 반갑습니다. 아인스포드 힐 부인과 그 따님을 아시나요? (인사를 교환한다. 대령은 치펀데일풍의 의자를 힐 부인과 히긴스 부인 사이 앞쪽으로 가져다 놓고 앉는다)

피커링 우리가 왜 왔는지 헨리가 말씀드렸나요?

히긴스 (어깨 너머로) 그들이 끼어들었어요, 젠장!

히긴스 부인 오, 헨리, 헨리, 제발!

아인스포드 힐 부인 (반쯤 일어서면서) 우리가 방해가 되었나요?

히긴스 부인 (일어나서 부인을 다시 앉히며) 아니요, 아닙니다. 아주 제대로 오셨어요. 우리의 친구 하나를 만나셨으면 합니다.

히긴스 (희망적이 되어서는) 맞아요! 우리는 두세 사람이 필요해요. 당신들은 제대로 할 것 같군요.

하녀가 프레디를 안내해서 돌아온다.

하녀 아인스포드 힐 씨입니다.

히긴스 (들릴 정도로, 참지 못하고) 맙소사! 또 왔군.

프레디 (히긴스 부인과 악수하면서) 안녕하십니까?[37]

히긴스 부인 잘 오셨어요. (소개한다) 피커링 대령이세요.

프레디 (고개를 숙이며) 안녕하십니까?

히긴스 부인 우리 아들, 히긴스 교수를 모르시죠?

프레디 (히긴스에게 다가가서) 안녕하십니까?

히긴스 (마치 프레디가 소매치기라도 되는 듯이 쳐다보면서) 맹세코 전에 어디선가 당신을 만났는데, 어디였더라?

37 원문은 〈Ahdedo?〉로 표기하여, 프레디가 신사인 척 발음하는 것을 나타내고 있다.

프레디 그런 것 같지 않은데요.

히긴스 (포기하고는) 어쨌든 상관없어요. 앉아요.

프레디와 악수를 하고는, 얼굴을 창문으로 향한 채 오토
만 의자에 프레디를 던지듯이 앉히더니 의자 반대편으로
돌아온다.

히긴스 자, 어쨌든 여기 다 모였네요! (아인스포드 힐 부
인 왼쪽의 오토만 의자에 앉는다) 그러면, 일라이자가
올 때까지 도대체 무슨 얘기를 하지요?

히긴스 부인 너는 왕립 학술원[38] 모임에 없어서는 안 될
인물이지만 보다 평범한 모임도 경험해 봐야겠구나.

히긴스 제가요? 미안합니다. (갑자기 미소를 지으면서)
그래야 할 것 같네요. (요란하게) 하하!

아인스포드 힐 양 (히긴스를 결혼 상대로 적당하다고 생각
하고는) 공감해요. 저는 잡담은 하지 않아요. 사람들
이 솔직하게 자기 생각을 말한다면 좋을 텐데요.

히긴스 (다시 우울해져서) 결코 그럴 일은 없을 거요!

아인스포드 힐 부인 (딸이 한 말을 이어서) 왜 그렇죠?

히긴스 뭔가를 생각해야 한다고 생각하는 것도 충분히
나쁘지만, 사람들이 실제로 생각하고 있는 것을 말하

38 The Royal Society of London for Improving Natural Knowledge.
1662년 왕의 칙명으로 설립된 과학자들의 모임.

면 판 전체를 깨버릴 겁니다. **내가** 진짜로 생각하고 있는 것을 지금 밝힌다면 마음에 들겠소?

아인스포드 힐 양 (명랑하게) 생각하고 있는 게 그렇게 냉소적인가요?

히긴스 냉소적이라고! 도대체 누가 냉소적이라고 했소? 내 말은 점잖지 못하다는 거죠.

아인스포드 힐 부인 (진지하게) 설마 진심으로 하시는 말씀은 아니겠죠, 히긴스 씨.

히긴스 우리는 대부분 다소 야만적인 기질을 가지고 있습니다. 그런데 교양을 갖추고 문명화되어야 하죠. 시, 철학, 예술, 과학 같은 것들을 통달하고 말이죠. 하지만 우리 중 얼마나 많은 사람이 그 단어들의 의미를 알고 있죠? (힐 양에게) 시에 대해서 당신은 뭘 알죠? (힐 부인에게) 과학에 대해서 무엇을 아시죠? (프레디를 가리키면서) 저 친구가 예술이든 과학이든 뭐든지 간에 무엇을 알고 있죠? 내가 철학에 대해서 도대체 무엇을 안다고 생각하시나요?

히긴스 부인 (경고조로) 또는 매너에 대해서도 말이지, 헨리.

하녀 (문을 열고는) 둘리틀 양입니다. (물러난다)

히긴스 (서둘러 일어서서는 히긴스 부인에게로 달려가서) 그 애가 왔어요, 어머니. (발꿈치를 들고 서서는 어머니의 머리 위로 일라이자에게 누가 집주인인지를 알려 준다)

111

너무나 멋지게 차려입은 일라이자는 놀랄 만큼 특별하고 아름다워서 그녀가 들어서자 모두들 기뻐하며 일어선다. 히긴스의 신호에 따라, 그녀는 연습한 대로 우아하게 히긴스 부인에게 다가간다.

리자　(현학적으로 교정된 발음에 아름다운 어조로) 안녕하세요, 히긴스 부인? (히긴스의 H를 발음하기 위해서 잠깐 숨을 헐떡이지만, 성공적이다) 히긴스 씨가 제가 와도 된다고 말씀하셨어요.

히긴스 부인　(친절하게) 맞아요. 만나게 되어서 정말 반가워요.

피커링　안녕하세요, 둘리틀 양?

리자　(악수를 하며) 피커링 대령님, 그렇죠?

아인스포드 힐 부인　분명 우리 전에 만난 적이 있는데요, 둘리틀 양. 당신의 눈을 기억하고 있어요.

리자　안녕하세요? (그녀는 히긴스가 앉았던 오토만 의자에 우아하게 앉는다)

아인스포드 힐 부인　(소개한다) 내 딸 클라라예요.

클라라　(감정이 솟아올라) 안녕하세요? (일라이자가 앉은 오토만 의자 옆자리에 앉아서 일라이자를 삼킬 듯이 바라본다)

프레디　(여자들이 앉아 있는 의자 옆으로 와서는) 전에 분명 만나 뵌 적이 있습니다.

아인스포드 힐 부인 (소개한다) 내 아들 프레디예요.

리자 안녕하세요?

프레디는 고개 숙여 인사하고 엘리자베스 시대의 의자에 앉는다. 리자에게 반해 있다.

히긴스 (갑자기) 이런, 그렇구나. 모든 게 기억났어! (다들 그를 쳐다본다) 코번트 가든이었어! (한탄하면서) 빌어먹을 일이 다 있군!

히긴스 부인 헨리, 제발! (히긴스가 탁자의 가장자리에 앉으려고 한다) 내 책상에 앉지 마라. 부서지겠다.

히긴스 (퉁명스럽게) 미안해요.

히긴스, 긴 의자를 향해 가다가 난로 망에 부딪치고 부젓가락에 걸려 넘어진다. 욕설을 중얼거리면서 일어나더니 몸을 조급하게 거의 부술 듯이 긴 의자에 던짐으로써 불운했던 이동을 마감한다. 히긴스 부인은 그를 쳐다보지만 참고 아무 말도 하지 않는다.

길고 지겨운 침묵이 따른다.

히긴스 부인 (마침내, 대화를 이끌면서) 비가 올까요, 어떻게 생각해요?

리자 우리나라 서쪽에 있는 약한 저기압이 동쪽으로

서서히 이동할 것 같군요. 기압 상태에는 큰 변화의
조짐이 없네요.

프레디 하! 하! 정말로 웃기는군!

리자 뭐가 잘못되었죠? 난 분명 제대로 했는데요.

프레디 죽여주는군!

아인스포드 힐 부인 추워지지만 않았으면 좋겠어요. 독
감이 너무 극성이에요. 봄마다 우리 가족들은 독감에
걸린답니다.

리자 (음울하게) 우리 고모[39]는 독감에 걸려서 죽었어
요. 사람들이 그러더군요.

아인스포드 힐 부인 (동정적으로 혀를 찬다)!!!

리자 (계속 비극적인 어조로) 하지만 내 생각에는 그 사
람들이 그 노인네를 끝장낸 것 같아요.

히긴스 부인 (어리둥절해서) 끝장냈다고?

리자 그러엄요, 이런 맙소사! 고모가 왜 독감으로 죽겠
어요? 1년 전에 디프테리아를 이겨 내셨다고요. 제 눈
으로 고모를 봤어요. 병으로 온몸이 시퍼레져 있었어
요. 모두 죽었다고 생각했지요. 하지만 아버지가 목구
멍에 진을 쏟아부으니까 갑자기 살아나시더니 숟가
락을 물어뜯어서 부러뜨렸어요.

---

39 원작에서는 〈aunt〉로 되어 있다. 숙모, 고모, 이모가 모두 가능하
지만, 아버지가 목구멍에 진을 쏟아부었다는 뒤의 표현을 바탕으로, 아
버지와 가까운 친척인 고모로 번역했다.

아인스포드 힐 부인 (놀라서) 어이구머니나!

리자 (비난의 강도를 높여 가며) 그렇게 힘이 좋은 여자
가 도대체 왜 독감으로 죽겠어요? 나에게 주기로 한
밀짚모자는 어떻게 된 거냐고요? 누군가가 가로챈 거
예요. 내 말은, 모자를 훔친 사람들이 고모를 끝장냈
다는 말이지요.

아인스포드 힐 부인 끝장낸다는 말이 무슨 뜻인가요?

히긴스 (허둥거리며) 아, 그건 새로 만들어진 말이에요.
끝장낸다는 것은 죽인다는 뜻이지요.

아인스포드 힐 부인 (혼비백산해서, 일라이자에게) 고모가
살해당했다고 믿는 것은 아니겠죠?

리자 사실이라고요! 고모랑 같이 살고 있던 사람들은
모자 핀 하나 때문에도 고모를 죽일 거예요. 모자는
말할 것도 없고요.

아인스포드 힐 부인 하지만 아버지가 고모의 목구멍에
진을 쏟아부은 건 옳지 않아요. 죽을 수도 있었어요.

리자 고모는 안 그래요. 진은 고모에게 모유나 마찬가
지예요. 게다가 아버지도 자기 목구멍에 많이 부어 봐
서 그게 좋은 걸 아시죠.

아인스포드 힐 부인 아버지가 술을 드셨다는 말인가요?

리자 마셨냐고요! 나 참! 지독하게요.

아인스포드 힐 부인 얼마나 끔찍했을까?

리자 전혀 아니에요. 내가 보기에 아버지에게 해가 되

는 건 없었어요. 하지만 아버지가 늘 마시는 건 아니에요. (명랑하게) 간혹가다 폭발하듯이 마시는 거죠. 술 한잔 하면 늘 기분이 더 좋아져요. 아버지가 일이 없을 때면 엄마는 4펜스를 주면서, 나가서 술에 취해 기분이 좋아지면 돌아오라고 하곤 했어요. 남편과 편하게 같이 살기 위해서 많은 여자들은 남편에게 술을 먹여야만 해요. (이제 아주 편해져서) 이렇게 되는 거예요. 만약 남자가 양심이 조금이라도 있다면, 제정신일 때는 양심이 그를 사로잡게 되고, 그러니 우울해지는 거죠. 술 한 방울이면 양심이 사라지고 행복해져요. (터져 나오는 웃음을 억누르고 있는 프레디에게) 거기! 왜 그렇게 킬킬거리고 있는 거죠?

프레디 새로운 대화 방식이에요. 대단히 잘하고 있어요.

리자 내가 제대로 하고 있다면 왜 웃는 거예요? (히긴스에게) 내가 해서는 안 될 말이라도 했나요?

히긴스 부인 (끼어들며) 천만에요, 둘리틀 양.

리자 음, 어쨌든 다행이군요. (마음을 터놓으며) 제가 항상 말하는 것은 —

히긴스 (일어나서 시계를 보며) 에헴!

리자 (히긴스 쪽을 보며 눈치를 채고는 일어서서) 저기, 저는 가봐야겠습니다. (모두들 일어선다. 프레디가 문으로 간다)

히긴스 부인 안녕히 가세요.

리자 안녕히 계세요, 피커링 대령님.

피커링 잘가요, 둘리틀 양. (악수를 한다)

리자 (다른 사람들에게 고개를 끄덕이며) 다들 안녕히 계세요.

프레디 (문을 열어 주면서) 공원을 가로질러 걸어가는 건가요, 둘리틀 양? 그렇다면…….

리자 (완벽하게 우아한 말투로) 걷는다고요! 좆나게[40] 걸을 필요가 있나요. (좌중이 동요한다) 택시 타고 갈 거예요. (나간다)

피커링은 놀라 숨을 헐떡거리며 다시 앉는다. 프레디는 일라이자의 모습을 다시 보기 위해서 발코니로 나간다.

아인스포드 힐 부인 (충격에 힘들어하며) 정말 새 방식에 익숙해질 수가 없네요.

클라라 (엘리자베스 시대 의자에 불만스럽게 몸을 던지면서) 아, 괜찮아요, 어머니. 괜찮아요. 엄마가 그렇게 구식으로 굴면 사람들이 우리가 아무 데도 안 가고 아무도 안 만난다고 생각할 거예요.

40 영국에서 많은 사람들이 불쾌하게 여기는 표현인 속어 〈*bloody*〉를 우리말 속어로 번역하였다. 점잖은 자리에서 여성이 이런 표현을 쓰는 것은 매우 충격적인 일이었을 것이다. 또한 이 장면은 큰 웃음을 준다. 일라이자는 신분을 드러내지만 아인스포드 힐 가족은 일라이자가 유행을 따르는 것이라고 생각하고 있는 것이다.

아인스포드 힐 부인 내가 구식이긴 할 거야. 하지만 너
는 그런 표현을 쓰지 않았으면 좋겠구나, 클라라. 네
가 남자들을 건달이라 부르고, 뭐든지 더럽네, 징그럽
네 하는 것은 정말로 끔찍하고 숙녀답지 못하다고 생
각하지만 익숙해지긴 했어. 하지만 이 마지막 말은 정
말 너무 심하구나. 그렇게 생각하지 않나요, 피커링
대령?

피커링 제게 묻지 마세요. 전 수년 동안 인도에 있었습
니다. 예절이 하도 많이 바뀌어서 때때로 제가 점잖은
식탁에 있는지 배의 선원실에 있는지 알 수 없을 때가
있어요.

클라라 다 개인적인 습관일 뿐이에요. 거기에 옳고 그
른 것은 없어요. 무슨 의미가 있는 것은 아니에요. 그
냥 독특하고, 재미없는 것들을 재치 있게 강조해 주는
것뿐이에요. 나는 새로운 스타일의 잡담이 즐겁고 순
수하다고 생각했어요.

아인스포드 힐 부인 (일어서면서) 저기, 이제는 우리가 가
야겠네요.

피커링과 히긴스가 일어선다.

클라라 (일어서면서) 아, 네. 우리는 세 집을 더 방문해
야 한답니다.[41] 안녕히 계세요, 히긴스 부인. 안녕히 계

118

세요, 피커링 대령. 안녕히 계세요, 히긴스 교수님.

히긴스 (긴 의자에서 음울하게 클라라에게 다가가더니, 문까지 배웅한다) 잘 가요. 그런 잡담을 앞으로 방문할 세 집에서도 해보세요. 너무 불안해하지 말고. 그냥 세게 밀어붙여요.

클라라 (크게 웃으면서) 그럴게요. 안녕히 계세요. 빅토리아 시대 초기의 고상한 척하는 것들은 모두 말도 안 되는 것들이죠!

히긴스 (부추기면서) 터무니없이 말도 안 되는 것들!

클라라 그런 좆같이 말도 안 되는 것들!

아인스포드 힐 부인 (발작적으로) 클라라!

클라라 하! 하! (자신이 완전히 신세대가 되었음을 의식하면서 환하게 웃으며 나간다. 맑은 웃음소리를 내면서 계단을 내려가는 소리가 들린다)

프레디 (대충 하늘에다 대고) 바라옵건대……. (포기하고 히긴스 부인에게로 온다) 안녕히 계십시오.

히긴스 부인 (악수를 하면서) 잘 가요. 둘리틀 양을 다시 만나고 싶은가요?

프레디 (열심히) 그럼요. 매우 만나고 싶습니다.

히긴스 부인 내 접대일을 알고 있지요?

프레디 네. 정말 감사합니다. 안녕히 계세요. (나간다)

---

41 클라라의 말을 통해서 그녀의 가족이 상류층 가정을 연이어 방문하면서 친분을 쌓고, 신분 구축을 시도한다는 것을 알 수 있다.

아인스포드 힐 부인 안녕히 계세요, 히긴스 부인.

히긴스 안녕히. 안녕히 가세요.

아인스포드 힐 부인 (피커링에게) 소용없어요. 난 절대 그 말은 할 수 없을 거예요.

피커링 하지 마세요. 의무적인 것은 아니에요. 그런 말을 하지 않아도 잘 지내실 겁니다.

아인스포드 힐 부인 단지, 내가 최신 유행어를 많이 쓰지 않으면 클라라가 막 야단을 친답니다.

피커링 안녕히 가세요. (둘은 악수를 한다)

아인스포드 힐 부인 (히긴스 부인에게) 클라라는 신경 쓰지 마세요. (피커링은 부인이 목소리를 낮추자 자신이 들어서는 안 되는 이야기라는 걸 알고는, 사려 깊게 창가에 있는 히긴스의 옆으로 간다) 우리는 너무 가난해요! 그 애는 파티에 거의 가보지 못했어요. 불쌍한 것! 그 애는 그런 것에 대해 정말 모르고 있답니다. (히긴스 부인은 상대방의 눈이 촉촉해진 것을 보고 동정적으로 손을 내밀어서 그녀를 문으로 인도한다) 하지만 아들애는 근사하죠, 그렇지 않아요?

히긴스 부인 아주 근사해요. 언제라도 다시 만나고 싶은걸요.

아인스포드 힐 부인 고마워요. 안녕히 계세요. (나간다)

히긴스 (간절히) 어때요? 일라이자, 내놓을 만해요? (어머니에게 덤벼들어서 오토만 의자로 끌고 간다. 어머니

는 일라이자가 앉았던 자리에 앉고 아들은 그 왼편에 앉는다)

피커링은 부인 오른편의 자기 의자로 돌아온다.

히긴스 부인 이 바보야. 물론 내놓을 만하지 않아. 그 애는 너와 드레스메이커의 기술적 승리일 뿐이야. 말할 때마다 그 애의 실체가 드러나지 않는다고 한순간이라도 생각한다면, 너는 그 애 때문에 완전히 돌아 버린 거란다.

피커링 하지만 무언가 해낼 수 있을 거라고 생각하지 않으세요? 제 말은 그 애의 대화에서 천박한 요소들을 없앨 수 있지 않겠냐는 말입니다.

히긴스 부인 그 애가 헨리와 함께 있는 한은 안 돼요.

히긴스 (불만스럽게) 제 언어가 적절치 않다는 말씀이세요?

히긴스 부인 아니, 적절하긴 한데 그건 운하 유람선 위에서나 그렇지 가든파티에서는 아니란다.

히긴스 (깊이 상처를 받고) 제 말은요 ―

피커링 (가로막으면서) 자, 히긴스, 자기 자신부터 알아야 하오. 20년 전 하이드 파크에서 지원병을 면접한 이후로 당신처럼 말하는 사람은 본 적이 없소.

히긴스 (부루퉁하게) 그렇게 말하니, 내가 언제나 주교처럼 말하는 건 아니라고 해야겠지요.

히긴스 부인   (헨리를 두드려 주면서 진정시키며) 피커링 대령, 윔폴 거리에서 정확히 무슨 일이 벌어지고 있는지 말해 주겠어요?

피커링   (명랑하게, 마치 완전히 주제를 바꾸기라도 하듯이) 음, 저는 헨리와 같이 살고 있습니다. 인도 방언을 같이 연구하고 있으니, 더 편할 거라고 생각했지요…….

히긴스 부인   정말 그렇겠네요. 그건 다 알고 있어요. 아주 잘하신 겁니다. 한데 그 아이는 어디에 사나요?

히긴스   물론 우리랑 같이 살죠. 어디에 살겠어요?

히긴스 부인   그런데 어떤 조건으로? 그 아이는 하녀인가요? 아니라면 뭐죠?

피커링   (천천히) 무슨 말씀을 하시는지 알겠습니다, 히긴스 부인.

히긴스   도대체 알긴 뭘 알아요! 그 애가 지금 같은 수준이 되게 하기 위해서 나는 몇 달 동안 매일 일해야만 했어요. 물론 그 애는 유용해요. 내 물건들이 어디 있는지 알고, 내 약속 같은 것들을 잘 기억하거든요.

히긴스 부인   네 가정부는 그 애랑 어떻게 지내고 있니?

히긴스   피어스 부인이요? 아, 그 여자는 일을 덜어서 매우 좋아해요. 일라이자가 오기 전에는 물건을 찾아야 했고, 약속들을 내게 알려 줘야만 했거든요. 하지만 그 여자는 일라이자에 대해서 엉뚱한 생각을 하고 있어요. 계속 〈선생님은 생각이 없으세요〉라고 한답니다. 그렇죠, 피커링?

피커링 그렇죠. 그게 공식이에요. 〈선생님은 생각이 없으세요.〉 일라이자에 대한 모든 대화가 그 말로 끝나지요.

히긴스 마치 내가 그 애와 그 아이의 뒤죽박죽인 모음과 자음에 대한 생각을 멈추기라도 한 것처럼 말이에요. 난 그 애에 대해서 생각하고, 그 애의 입술과 치아와 혀를 관찰하느라 기진맥진해 있다고요. 가장 특이한 그 애의 영혼은 말할 것도 없고요.

히긴스 부인 당신들은 살아 있는 인형을 가지고 노는 한 쌍의 어린아이 같군요.

히긴스 논다고요! 여태까지 내가 달려들었던 것 중 가장 힘든 일이에요. 그 점을 간과하지 마세요, 어머니. 어머니는 한 사람을 데려다 그에게 새로운 언어를 창조해줌으로써 완전히 다른 인간으로 변화시키는 것이 얼마나 흥미진진한 일인지 모르실 거예요. 그건 계급과 계급, 영혼과 영혼의 간극을 메우는 일이기도 해요.

피커링 (의자를 히긴스 부인 옆으로 끌어당겨서 그녀에게 열정적으로 몸을 숙이고는) 그래요. 대단히 흥미롭답니다. 정말이에요, 히긴스 부인. 우리는 일라이자를 매우 진지하게 대하고 있답니다. 매주, 거의 매일이죠, 새로운 변화가 있답니다. (다시 가까이 다가가면서) 우리는 모든 단계를 기록하고 있습니다. 수십 개의 축음기 디스크와 사진으로 말입니다.

히긴스 (어머니의 다른 쪽 귀에다 퍼부어 대며) 그래요. 정말이에요. 내가 매달렸던 실험 중 제일 몰두하고 있는 거라고요. 그 애는 우리의 삶을 채워 주고 있어요. 그렇죠, 픽?

피커링 우리는 항상 일라이자 얘기를 해요.

히긴스 일라이자를 가르치고요.

피커링 일라이자에게 옷을 입히고요.

히긴스 부인 뭐라고!

히긴스 새로운 일라이자를 창조해 내는 거죠.

히긴스 { 동시에 말한다 } 그 애는 가장 탁월하게 예민한 귀를 지니고 있어요.

피커링 정말이에요, 히긴스 부인, 그 애는 —

히긴스 { 동시에 말한다 } 마치 앵무새 같아요. 온갖 인간이 만들어 낼 수 있는 소리들을 가지고 —

피커링 천재예요. 피아노도 꽤 잘 친답니다.

히긴스 { 동시에 말한다 } 시도를 해봤는데요,

피커링 우리는 그 애를 고전 음악회와 음악당에 —

히긴스		유럽의 방언들, 아프리카의 방언들, 호텐토트 ——[42]
피커링	동시에 말한다	데리고 갔는데요, 그 애에게는 그것도 마찬가지였어요. 그날 들은 것들을 ——

히긴스		흡착음들,[43] 내가 배우기 위해서 몇 년이나 걸린 것들을 ——
피커링	동시에 말한다	집에 오자마자 전부 연주하죠. 그게 ——

히긴스		마치 평생 해왔던 것처럼 ——
피커링	동시에 말한다	베토벤이건 브람스건 레하르건 라이오넬 몽크톤이건 간에.[44]

히긴스		바로 받아들인답니다.
피커링	동시에 말한다	여섯 달 전까지는 피아노를 만져 본 적도 없는데요.

히긴스 부인 (이쯤 되어서는 두 사람이 참기 어려운 큰 소

---

42 아프리카 남부에 사는 종족.

43 혀를 입천장이나 윗니 뒷부분에 붙였다 떼면서 내는 음으로 특히 남부 아프리카의 언어에서 발견된다.

44 피커링의 음악적 취향의 폭을 보여 주고 있다. 진지한 음악가인 베토벤과 브람스뿐 아니라 가벼운 오페라인 「명랑한 과부The Merry Widow」를 쓴 헝가리 작곡가인 프란츠 레하르Franz Lehár(1870~1948), 뮤지컬 작곡가인 라이오넬 몽크톤Lionel Monckton(1861~1924)까지 망라하고 있다.

리로 동시에 고함을 치고 있어 손가락으로 귀를 막는다)

쉬, 쉬, 쉬······ 쉿! (두 남자들, 그만둔다)

피커링 죄송합니다. (사과를 하면서 의자를 뒤로 뺀다)

히긴스 미안해요. 피커링이 소리를 지르기 시작하면 아무도 끼어들지 못한다니까요.

히긴스 부인 조용해라, 헨리. 피커링 대령, 일라이자가 윔폴 거리로 걸어 들어왔을 때 무언가가 그 애와 같이 들어왔다는 것을 알고 있나요?

피커링 그 애의 아버지가 들어왔지요. 하지만 헨리가 곧 해결했습니다.

히긴스 부인 그 애의 엄마가 왔더라면 더 적절했을 텐데. 하지만 엄마가 오지 않으니 다른 게 대신 왔구나.

피커링 그게 뭐죠?

히긴스 부인 (이 단어를 씀으로써 무의식적으로 나이가 들었음을 드러낸다) 문제 말이다.

피커링 아, 알았어요. 어떻게 그 애를 숙녀로 보이게 하느냐 하는 문제죠.

히긴스 그 문제는 제가 해결할게요. 벌써 절반은 해결했어요.

히긴스 부인 이 끝도 없이 어리석은 두 남자들아. 그 애를 나중에 어떻게 하느냐 하는 문제지.

히긴스 그건 전혀 문제가 되지 않아요. 그 애는 내가 만들어 준 장점들을 가지고 자기 길을 갈 수 있어요.

히긴스 부인 방금 여기 있던 그 불쌍한 여자가 지닌 장점들! 숙녀로 살 돈은 주지 못하면서, 혼자 자립해서 살 수도 없게 하는 그 몸가짐과 습관들 말이지! 그걸 말하는 거니?

피커링 (약간 지루해하면서 너그럽게) 아, 그건 괜찮을 거예요, 히긴스 부인. (나가려고 일어선다)

히긴스 (역시 일어서면서) 우리가 쉬운 일자리를 찾아 줄 거예요.

피커링 그 애는 지금 충분히 행복해요. 걱정하지 마세요. 안녕히 계세요. (마치 겁에 질린 어린아이를 달래듯 악수를 하더니 문으로 간다)

히긴스 어찌 되었든, 지금은 걱정할 필요 없어요. 이미 저질러진 일이에요. 안녕히 계세요, 어머니. (어머니에게 키스를 하고는 피커링을 쫓아간다)

피커링 (마지막으로 위로를 해주기 위해 돌아서서는) 일자리는 많이 있습니다. 저희가 잘 처리하겠습니다. 안녕히 계세요.

히긴스 (같이 나가면서 피커링에게) 얼스코트에서 열리는 셰익스피어 박람회에 그 애를 데려갑시다.

피커링 그래, 그럽시다. 그 애의 품평은 흥미진진할 거요.

히긴스 집에 가면 우리를 위해서 모든 사람들을 흉내 낼 거예요.

피커링 (계단을 내려가면서 둘이 같이 웃는 소리가 들린다)

히긴스 부인 (초조해하면서 벌떡 일어나더니 작업을 계속 하려고 책상으로 돌아간다. 정리되지 않은 종이 더미를 밀쳐 내더니 종이 한 장을 문방구 상자에서 낚아채서는 단호하게 무언가를 쓰려고 한다. 세 번을 그러다가 포기 하고 펜을 내던지면서 화가 나서 책상을 움켜잡고 소리 를 지른다) 아, 남자들이란! 남자들이란! 남자들이란!

***

일라이자는 분명 지금 당장은 공작 부인 행세를 하지 못 한다. 그러니 히긴스는 아직 내기에서 이기지 못하고 있다. 하지만 아직 6개월이 지나지 않았다. 그리고 곧 일라이자 는 공주로 인정을 받게 된다. 그녀가 어떻게 했는지 보려면 해가 저문 어느 여름날 저녁, 런던의 대사 관저를 상상해 보 자. 홀의 문에는 차양이 내려져 있고 보도 위에는 가장자리 까지 카펫이 깔려 있다. 큰 연회가 진행 중이기 때문이다. 몇몇 사람들이 손님들이 도착하는 것을 보려고 줄을 지어 서 있다.

롤스로이스가 들어온다. 메달과 훈장이 달린 야회복을 입은 피커링이 내려서 일라이자에게 손을 내민다. 일라이자 는 야회복 위에 외투를 걸치고 다이아몬드, 부채, 꽃 등 온 갖 장신구를 하고 있다. 히긴스가 뒤를 따른다. 차가 떠난 다. 세 사람은 계단을 올라서 집 안으로 들어가는데, 그들 이 다가가자 문이 열린다.

그들은 집 안으로 들어가 거대한 계단이 시작되는 널찍한 홀에 도착한다. 왼편은 신사들의 외투를 보관하는 곳이다. 남자 손님들은 모자와 외투를 그곳에 맡긴다.

오른편에는 여성용 소지품 보관실로 가는 문이 있다. 숙녀들은 외투를 입은 채 들어가서는 멋진 모습으로 나온다. 피커링은 일라이자에게 속삭이며 숙녀용 보관소의 문을 가리킨다. 그녀가 들어간다. 히긴스와 피커링은 외투를 벗고 안내원에게서 티켓을 받아 든다.

손님 중 하나가 역시 같은 절차를 밟고 등을 돌린 채 서 있다. 티켓을 받고 돌아서자 놀랄 정도로 수염이 덥수룩하고 매우 중요한 사람처럼 보이는 젊은이다. 풍성한 콧수염과 화려한 구레나룻이 연결되어 있다. 이마 위쪽을 곱슬거리는 머리카락이 덮고 있다. 머리는 뒤쪽으로 짧게 깎았고 기름을 발라서 반짝인다. 그렇지 않았더라면 아주 똑똑해 보였을 것이다. 몇 개의 가치 없는 훈장을 달고 있다. 그는 헝가리의 수염이 잔뜩 난 판두르 병사[45]처럼 보이는 게 외국인이 틀림없다. 사나워 보이는 수염에도 불구하고, 그는 상냥하며 다정스러운 다변가이다.

히긴스를 알아보고는 팔을 넓게 벌리며 열정적으로 다가온다.

45 오스트리아 군대가 크로아티아에서 징집한 보병을 말한다. 잔인하고 앞뒤를 가리지 않는 것으로 유명하다.

수염 마에스트로, 마에스트로.[46] (히긴스를 껴안고는 양 볼에 입을 맞춘다) 저를 기억하시나요?

히긴스 아니요. 도대체 누구시오?

수염 저는 선생님의 학생이었습니다. 선생님의 첫 번째 제자, 최고, 가장 뛰어난 학생이었지요. 꼬마 네폼먹, 신동이었죠. 제가 선생님을 유럽 전역에서 유명하게 만들었죠. 선생님이 제게 음성학을 가르치셨잖아요. 저를 잊으실 수는 없죠.

히긴스 왜 면도를 안 했지?

네폼먹 저는 선생님처럼 당당한 외모를 갖지 못했거든 요. 그 턱과, 그 이마 같은. 면도를 하면 아무도 관심 을 두지 않아요. 저는 이제 유명인이에요. 사람들이 〈털보 딕〉이라고 부른답니다.

히긴스 자네는 이 명사들 사이에서 무엇을 하고 있는 건가?

네폼먹 저는 통역사예요. 서른두 개의 언어를 하죠. 저 는 이런 국제적인 연회에 없어서는 안 되는 사람이에 요. 선생님은 위대한 런던 방언 전문가시죠. 입을 열 자마자 그 사람이 런던 어디 출신인지 알아내시죠. 저 는 유럽의 어디인지를 알아맞힙니다.

---

46 이탈리아어로 〈선생님〉이란 뜻이다. 네폼먹의 과장하고 으스대는 성품을 알 수 있다.

하인이 웅장한 계단을 내려와서 네폼먹에게 다가간다.

하인 위층에서 찾으십니다. 여사님께서 그리스 신사분의 말씀을 이해하지 못하십니다.

네폼먹 고마워요. 즉시 가죠.

하인은 사람들 사이로 사라진다.

네폼먹 (히긴스에게) 이 그리스 외교관은 영어를 하지도, 알아듣지도 못하는 척하고 있어요. 나를 속일 수는 없죠. 그 사람은 클러큰웰[47]의 시계 제조공 아들이에요. 영어를 기가 막히게 잘하기 때문에 자기 출신을 드러내지 않고는 한마디도 할 수 없죠. 저는 그가 사람들을 속이는 걸 도와주고 있어요. 하지만 그에게 돈을 왕창 내게 하죠. 그런 모든 사람들에게 돈을 받아냅니다. 하하! (서둘러서 위층으로 올라간다)

피커링 저 사람 진짜 전문가요? 일라이자의 정체를 알아내서 협박하는 건 아닐까요?

히긴스 두고 봅시다. 알아내면, 나는 내기에서 지게 되는 거죠.

일라이자가 소지품 보관소에서 나와 그들과 함께한다.

47 영국 북쪽에 위치한 도시.

피커링 자, 일라이자. 지금이다. 준비되었니?

리자 불안하세요, 대령님?

피커링 아주 많이. 첫 번째 전투를 앞두고 느꼈던 심정과 같구나. 처음이란 언제나 두려운 법이거든.

리자 저는 처음이 아니에요, 대령님. 저는 에인절 코트의 돼지우리에서 공상을 할 때 백번도 더 해봤어요. 저는 지금 꿈을 꾸고 있어요. 히긴스 교수님이 저를 깨우지 않게 하겠다고 약속해 주세요. 그렇게 되면 저는 모든 걸 잊어버리고 드루어리 레인에서처럼 말하게 될 거예요.

피커링 아무 말도 하지 말게, 히긴스. (일라이자에게) 자, 준비되었니?

리자 준비되었어요.

피커링 가자.

계단을 올라간다. 히긴스가 맨 뒤에서 간다. 피커링은 첫 번째 계단참에서 하인에게 속삭인다.

첫 번째 계단참 하인 둘리틀 양, 피커링 대령, 히긴스 교수입니다.

두 번째 계단참 하인 둘리틀 양, 피커링 대령, 히긴스 교수입니다.

계단 위에서 대사와 그의 부인이 손님을 맞이하고 있다. 네폼먹은 부인 팔꿈치에 붙어 있다.

여주인 (일라이자의 손을 잡으며) 안녕하세요?

주인 (같은 식으로) 안녕하세요? 안녕하세요, 피커링 대령?

리자 (부인을 압도하는 아름다운 위엄을 지니고) 안녕하십니까? (응접실 쪽으로 건너간다)

여주인 저분은 양녀인가요, 피커링 대령님? 센세이션을 일으키겠는데요.

피커링 저 아이까지 초대해 주셔서 고맙습니다. (지나간다)

여주인 (네폼먹에게) 저 여자에 대해서 모두 알아내요.

네폼먹 (머리를 숙이며) 네, 부인. (사람들 사이로 간다)

주인 안녕하세요, 히긴스 교수님? 오늘 여기 경쟁자가 생겼습니다. 자기를 선생의 학생이라고 소개하더군요. 잘하는 친구인가요?

히긴스 언어 하나를 2주면 배울 수 있고, 십여 개의 언어를 구사합니다. 바보라는 증거죠. 음성학자로서는 어떤 가치도 없습니다.

여주인 안녕하세요, 교수님?

히긴스 안녕하세요? 이런 파티가 지겨우시죠. 저까지 와서 죄송합니다. (지나간다)

응접실과 그곳에 붙어 있는 객실에서는 연회가 한창이다. 일라이자가 그 사이를 지나간다. 그녀는 이 힘든 경험에 너무나 몰입해 있기 때문에 사교계에 데뷔한 사람이 아니라 사막에 있는 몽유병자처럼 걸어간다. 사람들은 대화를 멈추고 그녀를 보고, 의상과 보석 그리고 이상하리만큼 매력적인 모습에 찬사를 던진다. 뒤쪽에 있던 젊은이들은 그녀를 보기 위해 의자에 올라선다.

연회 주최자와 여주인은 계단에서 내려와 손님들과 어울린다. 히긴스는 이 모든 일들에 대해 우울해하고 경멸하면서, 담소를 나누는 사람들 사이로 들어온다.

여주인 아, 여기 히긴스 교수님이 오시네요. 이분이 우리에게 말해 주실 거예요. 저 멋진 젊은 숙녀에 대해서 모두 말해 주세요, 교수님.

히긴스 (시무룩하게) 어떤 멋진 숙녀요?

여주인 잘 아시잖아요. 랭트리 부인[48]을 보려고 사람들이 의자에 올라간 이후로 런던에서 이런 일은 없었다고들 하던데요.

네폼먹이 새로운 소식을 잔뜩 가지고 사람들 사이로 들어온다.

48 Lillie Langtry(1853~1929). 당대 가장 아름다운 여자로 칭송받던 영국의 여배우.

여주인 마침내 왔군요, 네폼먹. 둘리틀 양에 대해서 모두 알아냈나요?

네폼먹 그녀에 대해서 모조리 알아냈습니다. 그 여자는 사기입니다.

여주인 사기라고요! 이런.

네폼먹 **그렇습니다.** 그래요. 저를 속일 수는 없지요. 그 여자의 이름이 둘리틀일 리가 없습니다.

히긴스 왜죠?

네폼먹 왜냐면 둘리틀은 영국 이름이니까요. 저 여자는 영국인이 아니에요.

여주인 말도 안 돼요. 영어를 완벽하게 구사하던걸요.

네폼먹 너무 완벽하죠. 영어를 정확하게 구사하는 영국 여자가 있으면 제게 소개해 주시겠습니까? 영어 말하기를 제대로 배운 외국인들만이 그렇게 말할 수 있습니다.

여주인 〈안녕하십니까〉 하는 말투가 정말 나를 겁나게 했어요. 그렇게 말하는 학교 선생님이 계셨는데 난 정말 그분을 무서워했었죠. 하지만 영국인이 아니라면 뭐죠?

네폼먹 헝가리인이에요.

모두들 헝가리인이라고요!

네폼먹 헝가리인이요. 왕족이죠. 내가 헝가리인이에요. 왕족의 혈통이죠.

히긴스 헝가리어로 말을 건네 봤소?

네폼먹 그랬죠. 아주 영리하더군요. 〈영어로 해주세요. 저는 프랑스어는 모른답니다〉라고 하더라고요. 프랑스어라고요! 헝가리어와 프랑스어의 차이를 모르는 척하더군요. 말도 안 되죠. 두 언어를 다 알고 있어요.

히긴스 그리고 왕족이라고? 그건 어떻게 알아내셨소?

네폼먹 본능이죠, 마에스트로, 본능입니다. 오직 마자르족[49]만이 그런 신성한 품격을 드러낼 수 있습니다. 그 단호한 눈빛 말입니다. 그녀는 공주입니다.

주인 어떻게 생각하시죠?

히긴스 저는 빈민가에서 데려다가 영어를 가르친 평범한 런던의 소녀인 것 같습니다. 드루어리 레인 출신입니다.

네폼먹 하하하! 아, 마에스트로, 마에스트로, 선생님은 런던 방언이란 주제에 너무 빠져 있어요. 런던 빈민가가 선생님한테는 전 세계와 같죠.

히긴스 (여주인에게) 여사님은 어떻게 생각하십니까?

여주인 저는 물론 네폼먹에 동의하죠. 그분은 최소한 공주인 것이 틀림없어요.

주인 물론 반드시 적자는 아닐 수도 있어요. 서자일 수도 있소. 하지만 그녀의 신분은 분명합니다.

히긴스 난 내 견해를 고수하겠습니다.

49 헝가리의 주를 이루는 인종.

여주인   당신은 구제 불능이에요.

사람들은 히긴스만 혼자 남겨 두고 흩어진다. 피커링이
그에게로 온다.

피커링   일라이자는 어디 있지? 그 애에게서 눈을 떼면
안 되오.

일라이자가 그들에게로 온다.

리자   더 이상 못 견디겠어요. 사람들이 모두 나만 뚫어
지게 쳐다봐요. 어떤 할머니는 내가 빅토리아 여왕이
랑 똑같이 말을 한다고 그랬어요. 내기에 지게 했다면
죄송해요. 저는 최선을 다했어요. 하지만 어떻게 해도
이 사람들이랑 똑같아질 수는 없어요.

피커링   넌 내기에 지지 않았어. 넌 열 배나 큰 승리를 거
두었어.

히긴스   여기서 나갑시다. 이 바보들이랑 수다 떠는 것
도 충분히 한 것 같군.

피커링   일라이자는 지쳤고 나는 배가 고프군. 나가서
저녁이나 먹읍시다.

제4막

웜폴 거리 실험실. 한밤중이다. 방에는 아무도 없다. 벽난로 위 시계의 종이 열두 번 울린다. 난롯불은 피우지 않았다. 여름밤이다.

곧 계단에서 히긴스와 피커링의 목소리가 들린다.

히긴스 (아래의 피커링을 부르면서) 저기, 픽, 문 좀 잠가주겠소? 다시 외출할 것 같지는 않군요.

피커링 알았소. 피어스 부인은 자러 가도 되겠지? 더 필요한 것 없지? 그렇지요?

히긴스 그렇고말고요!

일라이자가 문을 열고, 불이 켜진 층계참에 나타난다. 히긴스가 내기에서 이길 수 있게 해준 화려한 의상을 전부 차려입고 있다. 벽난로에 다가와서 전등을 켠다. 그녀는 지쳐 있다. 창백한 안색이 그녀의 검은 눈 그리고 머리카락과 크게 대조를 이룬다. 그녀의 표정은 비극적이기까지 하다. 외투를 벗고 부채와 장갑을 피아노 위에 놓는다. 그리고 생각에 잠긴 채 조용히 의자에 앉는다. 야회복에 모자를 쓰고 외투를 걸친 히긴스가 아래층에서 가져온 평상복을 들고 들어온다. 모자와 외투를 벗어 아무렇게나 신문 보관함에 던져 놓는다. 윗옷도 같은 방식으로 던져 버리고는 평상복을 입고 벽난로 옆의 안락의자에 지친 몸을 던진다. 비슷하게 옷을 차려입은 피커링이 들어온다. 그도 모자와 외투를 벗더니, 히긴스의 옷과 같은 곳으로 던지려다가 망설인다.

피커링 이것들을 거실에 팽개쳐 두면 피어스 부인이 난리를 칠 텐데.

히긴스 아, 계단 난간 너머 복도로 던져 버려요. 아침에 보고 치울 거요. 우리가 술에 취했었다고 생각하겠지.

피커링 약간 취하긴 했지. 편지 온 거 있나?

히긴스 안 봤어요. (피커링은 외투와 모자를 벗고는 아래층으로 내려간다. 히긴스는 반쯤 하품을 하면서 「황금 서부의 아가씨」[50]에 나오는 곡조를 노래한다. 갑자기 멈추더니 소리를 지른다) 도대체 내 슬리퍼는 어디에 있는 거야!

50 원래 제목은 푸치니의 오페라 「서부의 아가씨La fanciulla del West」이다. 음악 평론가였던 쇼가 여기서 〈golden〉을 첨가해 오기를 하고 있다.

일라이자는 히긴스를 음울하게 바라보더니 갑자기 일어나서 방을 나간다.

히긴스는 다시 하품을 하고는 노래를 계속한다.

피커링이 우편물을 들고 돌아온다.

피커링 전단지하고 귀족들에게서 자네 앞으로 온 연애 편지들뿐이야. (전단지를 벽난로 망 너머로 던져 넣은 후 등을 벽난로에 대고 양탄자 위에 자리를 잡는다)

히긴스 (편지들을 흘낏 보더니) 고리대금업자들 같으니라고. (편지를 전단지처럼 던져 버린다)

일라이자가 굽이 낮은 커다란 슬리퍼를 가지고 돌아온다. 히긴스 앞 카펫 위에 놓고는 아무런 말 없이 앉는다.

히긴스 (다시 하품을 하면서) 아, 맙소사! 지겨운 저녁이었어! 사람들하고는! 정말 바보 같은 짓이었어! (발을 들고 신발 끈을 풀려고 하다가 슬리퍼를 발견한다. 신발 끈 푸는 것을 멈추고, 마치 슬리퍼가 저절로 나타난 것처럼 쳐다본다) 아! 저기 있었군그래?

피커링 (기지개를 켜면서) 음, 약간 피곤하군. 긴 하루였어. 가든파티에, 저녁 식사에 연회까지! 좋은 게 한꺼번에 몰렸군. 하지만 자네는 내기에서 이겼잖아, 히긴스. 일라이자가 속여 넘겼다고. 남은 게 있잖아, 응?

히긴스 (흥분해서) 끝난 것을 정말 신에게 감사해!

일라이자는 격렬하게 움칠하지만 아무도 알아차리지 못한다. 그녀는 평정을 되찾고 조금 전처럼 무표정하게 앉아 있다.

피커링 가든파티에서 초조하지 않았소? 난 그랬는데. 일라이자는 전혀 긴장한 것 같지 않았어.

히긴스 아, 그 애는 긴장하지 않았어요. 그 애가 잘할 거라는 걸 난 알고 있었어요. 지난 몇 달간 일을 끝내야 한다는 중압감에 괴로웠어요. 음성학을 가르치던 초반은 흥미로웠지. 하지만 그 후에는 싫증이 나더라고. 꼭 해야 한다고 나를 다그치지 않았더라면, 두 달 전에 모조리 집어치웠을 거요. 바보 같은 생각이었어요. 전부 다 지겨웠어요.

피커링 이것 보게! 나는 가든파티에서 너무나 흥분이 되었다네. 심장이 마구 뛰기 시작했다니까.

히긴스 처음 3분은 그랬지요. 하지만 우리가 누워서도 이길 거라는 걸 알고 나서는 우리에 갇혀 아무것도 안 하고 왔다 갔다 하는 곰이 된 기분이었어요. 저녁 식사는 더 끔찍했어. 한 시간 넘게 앉아서 꾸역꾸역 먹기나 하고, 얘기 상대라고는 멋이나 부리는 바보 같은 여자들밖에 없으니 말이야! 피커링, 나는 다시는 안

할 거요. 더 이상 가짜 공작 부인은 없어. 완전히 지옥 같았어.

피커링　자네가 사회의 관례에 길들여지지 않아서 그럴 거요. (피아노 쪽으로 천천히 걸어가며) 나는 가끔은 스스로 그런 일을 즐기기도 하지. 다시 젊어진 듯한 기분이 들거든. 어쨌든 굉장한 성공이었어. 대단한 성공이었다고. 일라이자가 너무 잘해서 한두 번은 크게 놀랐지. 알다시피 많은 상류층 사람들이 그렇게 잘하지 못하거든. 그들은 신분만 높으면 스타일도 타고나는 걸로 생각하는 바보들이란 말이지. 그래서 배우려고 하지 않아. 무언가를 아주 잘하려면 전문적인 능력이 있어야 하는 법이지.

히긴스　그래요. 그게 날 미치게 만들죠. 그 어리석은 사람들은 자신들이 어리석다는 걸 모르니까요. (일어서면서) 어찌 되었든 지나갔고, 끝났어요. 이제 내일이 오는 걸 두려워하지 않고 잠자리에 들 수 있게 되었군요.

일라이자의 아름다운 모습이 살기등등하게 바뀐다.

피커링　나도 자러 가야겠소. 그래도 대단한 행사였어. 자네의 승리고. 잘 자게. (나간다)

히긴스　(그를 쫓아가면서) 잘 자요. (문에서 어깨너머로)

불 꺼라, 일라이자. 피어스 부인에게 내일 아침에는 커피를 만들지 말라고 하렴. 나는 차를 마실 거야. (나간다)

일어서서 불을 끄기 위해 벽난로로 걸어가는데 일라이자는 자제하며 아무렇지도 않게 생각하려고 애쓴다. 그곳에 다다랐을 즈음에는 비명을 지를 지경이 된다. 히긴스의 의자에 앉아서 양쪽 손잡이를 꽉 잡는다. 마침내 포기하고, 화를 터뜨리면서 무섭게 바닥에 몸을 던진다.

히긴스 (밖에서 매우 화가 나서는) 도대체 내 슬리퍼는 어디다 둔 거야? (문에 나타난다)

리자 (슬리퍼를 낚아채더니 하나씩 온 힘을 다해서 그에게 던진다) 슬리퍼 여기 있어요. 여기도요. 슬리퍼 가져가요. 그거 가지고 평생 재수 옴 붙었으면 좋겠네.

히긴스 (놀라서) 도대체! (그녀에게 온다) 무슨 일이니? 일어서 봐. (일으켜 세운다) 뭐가 잘못되었니?

리자 (숨을 헐떡이며) 선생님은 아무 문제도 없죠. 내가 내기에서 이기게 해주었으니까요, 그렇죠? 그걸로 충분하잖아요. **나는** 문제도 아니겠죠.

히긴스 네가 내기에 이기게 해주었다고! 네가! 이 건방진 벌레 같은 것! **내가** 이긴 거야. 그 슬리퍼는 왜 나한테 던진 거니?

리자 선생님의 얼굴을 갈겨 주고 싶었으니까요. 당신을 죽이고 싶어, 이 이기적인 냉혹한. 나를 그곳에 그냥 놔두지 그랬어? 빈민굴에 말이야. 끝났다고 신에게 감사했으니까 나를 다시 거기다 처박으면 되겠네, 그렇지? (흥분한 채로 손가락을 꺾으면서)

히긴스 (놀랐지만 차분하게) 이 물건이 신경과민이로군, 그런 것뿐이야.

리자 (숨이 막힐 듯한 분노로 비명을 지르면서, 본능적으로 손톱을 세워 그의 얼굴을 할퀴려 달려든다)!!

히긴스 (그녀의 손목을 잡고는) 아! 그래? 발톱을 집어넣어, 이 고양이야. 어디서 감히 나한테 성질을 부려? 앉아서 진정해. (그녀를 거칠게 안락의자에 쑤셔 박아 앉힌다)

리자 (더 강한 힘과 무게에 압도되어) 나는 어떻게 되는 거예요? 나는 어떻게 되는 거냐고?

히긴스 네가 어떻게 될지 내가 도대체 어떻게 알아? 네가 어떻게 되든지 내가 무슨 상관이야?

리자 당신은 상관도 안 해. 난 알고 있었어. 내가 죽어도 상관하지 않을 거야. 나는 당신한테 아무것도 아니야. 저 슬리퍼만도 못해.

히긴스 (버럭 소리를 지르면서) 그놈의 슬리퍼들.

리자 (씁쓸하게 굴복하면서) 그래요, 저 슬리퍼들 말이에요. 이제는 아무 상관도 없지만.

침묵. 일라이자는 절망적이 되어 기가 죽어 있다. 히긴스는 기분이 조금 좋지 않다.

히긴스　(매우 거만한 태도로) 왜 이러는 거냐? 여기서 받는 처우에 불만이 있니?

리자　아니요.

히긴스　누가 너한테 못되게 굴었니? 피커링 대령이니? 피어스 부인이야? 하인 중에 누가 그랬니?

리자　아니요.

히긴스　**내가** 너에게 잘 못 대해 줬다고 그러는 건 아니겠지?

리자　아니에요.

히긴스　다행이구나. (어조를 누그러뜨린다) 하루 종일 긴장해서 피곤한 모양이구나. 샴페인 한잔 하겠니? (문 쪽으로 간다)

리자　아니요. (진정하면서) 고마워요.

히긴스　(기분이 다시 좋아져서) 며칠 동안은 긴장되었을 거다. 가든파티에 대해서 불안해한 것은 당연한 거야. 하지만 이제 다 끝났단다. (친절하게 그녀의 어깨를 두드려 준다. 그녀는 몸을 뒤튼다) 더 이상 걱정할 거 없어.

리자　아니요. 선생님이야 걱정할 게 없겠죠. (갑자기 일어나 그를 피해서 피아노 의자로 가더니 거기 앉아서 얼굴을 가린다) 아, 하느님! 죽어 버렸으면 좋겠어요.

히긴스 (정말로 놀라서 그녀를 뚫어지게 쳐다보며) 왜 그
래? 도대체 왜 그러니? (이성적으로 그녀에게 다가가
서) 내 말을 들어, 일라이자. 이 모든 짜증은 단지 주관
적인 것일 뿐이야.

리자 무슨 말인지 모르겠어요. 난 너무 무식하거든요.

히긴스 그냥 단지 상상일 뿐이야. 기분이 나쁜 것, 그것
뿐이야. 아무도 너를 해치지 않아. 아무것도 잘못된
건 없어. 착한 아이처럼 침대로 가서 자라. 조금 울고
기도를 해. 그러면 기분이 편해질 거야.

리자 선생님이 기도하는 걸 들었어요. 〈신이여, 끝나게
해주셔서 감사합니다〉라고 했잖아요.

히긴스 (짜증을 내며) 너는 끝난 것을 신에게 감사하지
않니? 이제 너는 자유고, 네가 하고 싶은 것을 해도 되
잖아.

리자 (절망 중에서도 자신을 추스르며) 난 무엇에 어울리
는 사람이죠? 나를 무엇에 어울리는 사람으로 만드신
거예요? 나는 어디로 가야 해요? 난 뭘 해야 하죠? 나
는 어떻게 될까요?

히긴스 (알아차렸지만, 흔들리지는 않고) 아, 그것 때문
에 걱정인 거니? 그래? (손을 주머니에 넣고 원래 하던
대로 주머니 속의 내용물을 쩔렁거리면서 걸어다닌다.
마치 순전히 친절하기 때문에 시시한 문제를 상대해 준
다는 듯한 태도다) 내가 너라면 신경 안 쓰겠다. 어디

가 되든지 간에 자리 잡는 건 어려울 게 없을 거야. 네가 떠날 거라는 생각은 미처 못했지만 말이다. (그녀가 재빨리 그를 바라본다. 히긴스는 그녀를 보지 않고 피아노 위의 디저트 접시를 살펴보고는 사과를 먹기로 결정한다) 너는 결혼할 수도 있단다. (사과를 크게 베어 물더니 요란하게 씹는다) 있잖니, 일라이자, 모든 남자가 나나 대령처럼 확고한 독신주의 노총각은 아니란다. 대부분의 남자들은 결혼을 하지(불쌍한 것들!). 그리고 너는 못생긴 편이 아니야. 어떤 때는 너를 쳐다보는 게 즐겁기도 하단다. 물론 지금은 아니야. 울고 나서는 귀신같이 흉해 보이니 말이다. 하지만 정상일 때는 매력적이라고 할 수 있어. 그게 말이지, 결혼할 생각이 있는 자들에게 말이지. 이제 침대로 가서 푹 쉬어라. 그런 다음 일어나서 거울을 보렴. 그러면 너 자신이 그렇게 가치 없는 사람이라고 느껴지지는 않을 거야.

일라이자는 아무 말 없이 그를 다시 쳐다보고는 꼼짝도 하지 않는다. 히긴스는 그런 눈길을 알아차리지 못한다. 그는 사과가 아주 맛있다는 듯이 꿈꾸는 것처럼 행복한 표정을 지으면서 사과를 먹고 있다.

히긴스 (뒤늦게 친절한 생각이 떠올라서) 어머니가 괜찮은 남자 한둘은 찾을 수 있을 거야.

리자 토트넘 코트 거리에 살았을 때도 그것보다는 나았어요.

히긴스 (정신을 차리면서) 무슨 말이니?

리자 나는 꽃을 팔았지 나를 팔지는 않았어요. 당신이 나를 숙녀로 만들어 버려서 나는 이제 어떤 것을 팔아도 어울리지 않아요. 나를 발견했던 그곳에 그대로 놔두지 그랬어요.

히긴스 (사과 속을 확실하게 벽난로 망 안으로 던져 넣으면서) 쓸데없는 소리야, 일라이자. 파는 게 어떻고 사는 게 어떻고 하는 헛소리로 인간관계를 모욕하지 마. 네가 좋아하지 않는 사람이면 결혼하지 않아도 돼.

리자 내가 다른 어떤 걸 할 수 있죠?

히긴스 아, 많은 게 있지. 전에 말했던 꽃집을 하는 건 어떠니? 피커링이 너를 위해 하나 마련해 줄 수 있을 거야. 그분은 돈이 아주 많거든. (킬킬 웃으며) 오늘 네가 입은 드레스 값도 다 그 사람이 지불할 거야. 보석 임대료까지 하면 2백 파운드는 깨질 거다. 6개월 전만 하더라도 네 소유의 꽃집을 갖게 된다면 천국 같다고 생각했겠지. 자! 너는 괜찮을 거야. 나는 자러 가야겠다. 그런데 뭘 가지러 내려왔는데, 그게 뭔지 잊어버렸네.

리자 슬리퍼요.

히긴스 아, 그래, 그렇지. 네가 그걸 나한테 던졌지. (슬

리퍼를 집어서 나가는데 리자가 일어나서 말을 건다)

리자 가시기 전에요, 나리······.

히긴스 (자기를 나리라고 부르는 데 놀라서 슬리퍼를 떨어 뜨리며) 응?

리자 옷은 제 것인가요 아니면 피커링 대령님 것인가요?

히긴스 (그녀의 질문이 불합리의 정점이라도 된다는 듯이 방 안으로 들어와서) 도대체 그 옷이 피커링한테 무슨 쓸모가 있겠냐?

리자 당신이 실험을 하려고 데려올 다음 여자에게 필요 할지도 모르지요.

히긴스 (놀라고 상처를 받아서) 그게 우리에 대해서 네가 느끼고 있는 거냐?

리자 그 일에 대해서 더 이상 듣고 싶지 않아요. 저는 어떤 게 내 것인지 알고 싶을 뿐이에요. 옛날 옷은 다 불태워졌거든요.

히긴스 한데 그게 왜 중요하냐? 한밤중에 그런 것을 걱 정할 게 뭐야?

리자 내가 가지고 가도 되는 게 뭔지 알고 싶어요. 도둑 질했다고 고발당하고 싶지는 않아요.

히긴스 (이제 깊이 상처를 받고) 도둑질이라고! 그런 말 은 하지 말았어야 해, 일라이자. 그건 감정이 없다는 걸 보여 주는 거야.

리자 미안해요. 나는 천하고 무식한 여자예요. 그리고 내 처지에서는 조심해야 해요. 당신 같은 분하고 나 같은 것 사이에 감정 같은 것이 있어서는 안 되죠. 제발 어느 것이 내 것이고 어느 것이 아닌지 알려 주시겠어요?

히긴스 (아주 퉁명스럽게) 원한다면 집 전부라도 가져도 된다. 보석만 빼고. 그건 대여한 거야. 이제 됐니? (휙 돌아서며 극도로 화가 나 나가려 한다)

리자 (과일 주스를 마시듯 그의 감정에 빠져들며, 그를 들볶아 응수를 계속하도록 자극한다) 잠깐만요, 제발. (보석 장신구들을 뺀다) 이것들을 방에 가져가서 안전하게 보관하실래요? 잃어버릴 위험을 무릅쓰고 싶지 않아요.

히긴스 (극도로 화가 나서) 이리 내놔라. (그녀가 보석들을 그의 손에 쥐여 준다) 이것들이 빌린 게 아니라 내 것이었다면, 그 배은망덕한 목구멍에 쑤셔 박았을 거다. (보석을 아무렇게나 주머니에 쑤셔 넣는다. 목걸이의 끝이 튀어나와서 자기도 모르게 치장을 한 셈이 되었다)

리자 (반지를 빼면서) 이 반지는 대여한 게 아니에요. 브라이튼에서 당신이 사준 거예요. 이제 갖고 싶지 않아요. (히긴스가 반지를 거칠게 벽난로에 던져 버린다. 그러고서 너무 위협적으로 리자 쪽으로 돌아서 오는 바람에 그녀는 손으로 얼굴을 가리며 피아노 위에 웅크려 비명을 지른다) 때리지 말아요.

히긴스 너를 때린다고! 이 못된 것아, 네가 감히 그따위 걸로 나를 비난해? 나를 때린 건 너야. 너는 내 가슴에 상처를 입혔어.

리자 (감추어 둔 기쁨에 짜릿해하면서) 다행이에요. 이제 어쨌든 내가 조금이라도 갚은 것 같네요.

히긴스 (위엄 있게, 전문가로서의 품격을 보이면서) 너는 나를 화나게 만들었어. 거의 그런 일이 없었는데 말이지. 오늘 밤에는 어떤 말도 더 하고 싶지 않구나. 자러 가야겠다.

리자 (당돌하게) 커피에 대해서는 피어스 부인한테 메모를 남기시는 게 좋을 거예요. 나는 전하지 않을 거니까요.

히긴스 (형식적으로) 망할 놈의 피어스 부인, 망할 놈의 커피, 망할 놈의 너, 그리고 (흥분해서) 힘들게 획득한 지식과 보물 같은 관심과 친밀함을 배은망덕한 촌뜨기한테 쏟아부은 내 망할 놈의 어리석음. (굉장히 예의를 갖춰서 퇴장하지만 문을 사납게 닫음으로써 망쳐 버린다)

일라이자는 반지를 찾기 위해 양탄자 위에 무릎을 꿇는다. 반지를 찾고 나서는 어떻게 해야 할까 잠시 망설인다. 마침내 그녀는 반지를 디저트 접시에 던져 놓고는 분노에 젖어 눈물을 흘리며 위층으로 올라간다.

***

일라이자의 방에는 큰 옷장과 호화스러운 화장대 등 가구가 많이 늘어서 있다. 그녀가 들어와서 전깃불을 켠다. 옷장으로 가서 문을 열고는 평상복, 모자, 신발을 꺼내더니 침대에 팽개친다. 야회복과 신발을 벗더니 옷장에서 푹신하게 패드를 넣은 옷걸이를 꺼내 야회복을 조심스럽게 건다. 그것을 옷장에 걸더니 옷장 문을 쾅하고 닫는다. 보행용 신발을 신고 산책용 옷과 모자를 걸친다. 화장대에서 손목시계를 꺼내어 찬다. 장갑을 끼고, 화장품 가방을 꺼내서 손목에 걸기 전에 안에 지갑이 있는지 확인한다. 문을 향해 간다. 모든 몸동작이 그녀의 강렬한 결의를 나타낸다.

마지막으로 거울 속의 자기 모습을 살펴본다.

갑자기 거울 속 자신에게 혀를 내민다. 그러고는 방을 나가면서 문에서 전깃불을 끈다.

그러는 동안, 집 바깥 거리에서는 사랑 때문에 괴로운 프레디 아인스포드 힐이 아직도 불이 켜져 있는 2층을 바라보고 있다.

불이 꺼진다.

프레디 잘 자요, 내 사랑, 내 사랑, 내 사랑.

일라이자가 그의 뒤로 문을 쾅 닫으면서 나온다.

리자 도대체 여기서 뭐하는 거예요?

프레디 아무것도 아니에요. 나는 여기서 밤 시간의 대부분을 보내요. 내가 행복함을 느끼는 곳은 여기밖에 없어요. 나를 비웃지 말아요, 둘리틀 양.

리자 둘리틀 양이라고 부르지 말아요, 들었어요? 리자면 됐어요. (일라이자는 울음을 터뜨리더니 프레디의 어깨를 잡는다) 프레디, 내가 배은망덕한 촌뜨기라고 생각하지는 않죠?

프레디 오, 그렇지 않아요. 어떻게 그런 생각을 하나요? 당신은 가장 사랑스럽고, 소중한 —

프레디는 자제력을 잃고 그녀에게 키스를 퍼붓는다. 위로에 목말랐던 그녀는 호응한다. 둘은 서로 껴안은 채 서 있다.

나이 든 경찰관이 온다.

경찰관 (놀라면서) 이것 봐! 이것 봐! 이것 봐!

둘은 포옹을 급하게 푼다.

프레디 미안합니다, 순경 아저씨. 우리는 방금 약혼했습니다.

둘은 달아난다.

경찰관은 자기 자신의 구애 과정과 인간의 희망의 덧없음을 생각하며 고개를 흔든다. 그는 직업에 걸맞은 느린 걸음으로 반대 방향으로 움직인다.

두 연인의 도주는 캐번디시 광장[51]에 이른다. 거기서 둘은 다음에 어디로 갈 것인지 생각하기 위해 멈춘다.

리자 (숨을 헐떡이며) 그 경찰 때문에 많이 놀라지는 않았어요. 당신이 대꾸를 잘했어요.

프레디 내가 당신이 가던 길을 방해한 건 아니었겠지요. 어디로 가던 중이었어요?

리자 강으로요.

프레디 왜요?

리자 뛰어들려고요.

프레디 (놀라서) 일라이자, 그게 무슨 말이에요? 무슨 일이에요?

리자 신경 쓰지 말아요. 이제는 상관없어요. 세상에는 당신과 나밖에는 없잖아요, 그렇죠?

프레디 아무도요.

둘은 다시 포옹한다. 그런데 훨씬 젊은 경찰이 와서 또 그

51 웨스트엔드에 위치한 광장. 쇼핑으로 유명한 옥스퍼드 서커스와 가깝다.

들을 놀라게 한다.

두 번째 경찰관 이것 봐, 거기 두 명! 이게 뭐요? 여기가
어딘 줄 아는 거요? 이리 와요, 빨리빨리.
프레디 말씀하신 대로, 빨리 사라져 드리죠.

둘은 다시 달아나다가 얘기를 나누기 위해 하노버 광장
에 멈춘다.

프레디 경찰들이 저렇게 점잖은 척하는 줄은 몰랐어요.
리자 길거리에서 여자애들 쫓는 게 저 사람들 일이에요.
프레디 어디론가 가야 해요. 밤새도록 길거리를 돌아다
닐 수는 없어요.
리자 안 돼요? 영원토록 돌아다니면 멋질 거라고 생각
했는데요.
프레디 오, 내 사랑.

택시가 천천히 다가오는 것도 모르고 다시 포옹한다. 택
시가 멈춰 선다.

택시 기사 두 분 어디로 모실까요?

둘은 떨어진다.

리자 아, 프레디. 택시가 왔어요. 바로 그거예요.

프레디 제기랄, 돈이 없는데.

리자 내가 많이 가지고 있어요. 대령님은 외출할 때 주머니에 10파운드는 있어야 한다고 생각하시거든요. 들어 봐요. 밤새도록 드라이브를 하는 거예요. 아침이 되면 히긴스 부인에게 찾아가서 내가 뭘 해야 할지 여쭤 볼래요. 택시 안에서 다 말해 줄게요. 거기서는 경찰이 우리를 건드리지 못할 거예요.

프레디 좋아요! 좋습니다. (택시 기사에게) 윔블던 커먼 공원[52]으로요. (차를 타고 사라진다)

---

52 런던 중심부에서 멀리 떨어져 있는 공원. 프레디는 여기서 〈그냥 운전해서 멀리 가라〉는 뜻으로 말한 것이다.

제5막

히긴스 부인의 거실. 전처럼 책상에 앉아 있다. 하녀가 들어온다.

하녀 　(문에서) 마님, 아래층에 헨리 씨께서 피커링 대령과 와 계십니다.

히긴스 부인 　그래. 올라오라고 해.

하녀 　전화를 하고 계세요, 마님. 경찰에 전화하시는 중인 것 같아요.

히긴스 부인 　뭐라고!

하녀 　(안으로 들어와 목소리를 낮춰서) 헨리 씨가 흥분한 상태세요, 마님. 말씀드려야 할 것 같아서요.

히긴스 부인 　헨리가 흥분하지 않았다고 했다면 더 놀랐을 거다. 경찰과의 일이 마무리되면 올라오라고 해. 뭔가 잃어버린 모양이구나.

하녀 　네, 마님.

히긴스 부인 올라가서 둘리틀 양에게 헨리와 대령이 여기 있다고 해라. 내가 부를 때까지 내려오지 말라고 해.

하녀 네, 마님. (나간다)

히긴스가 문을 세게 열고 들어온다. 하녀가 말한 대로, 흥분 상태다.

히긴스 여기 보세요, 어머니. 엄청난 일이 벌어졌어요!

히긴스 부인 그래, 애야, 잘 잤니? (조바심을 참으며 어머니에게 키스한다. 그 사이 하녀가 나간다) 무슨 일이니?

히긴스 일라이자가 달아났어요.

히긴스 부인 (침착하게 글쓰기를 계속하며) 네가 그 애에게 겁을 준 모양이지.

히긴스 겁을 줬다고요! 말도 안 돼요! 어젯밤 언제나처럼 불을 끄라고 그 애를 혼자 남겨 뒀어요. 하지만 자러 가는 대신에 그 애는 옷을 갈아입고 바로 나가 버렸어요. 침대에는 잠을 잔 흔적이 없었고요. 아침 7시도 되기 전에 택시를 타고 자기 물건을 가지러 왔어요. 그런데 그 바보 같은 피어스 부인이 나한테 한마디도 없이 그 애가 짐을 챙기게 해준 거예요. 난 어떻게 해야 하죠?

히긴스 부인 가만히 있는 게 좋겠구나, 헨리. 그 애는 본인이 원하면 언제든 떠날 수 있는 권리가 있단다.

히긴스 (갈피를 못 잡고 방 안을 이리저리 서성이며) 하지만 나는 아무것도 찾을 수가 없어요. 무슨 약속이 있는지도 모르겠어요. 나는……. (피커링이 들어온다. 히긴스 부인은 펜을 내려놓고 책상에서 나온다)

피커링 (악수를 하면서) 안녕하세요, 히긴스 부인. 헨리가 말씀드렸나요? (오토만 의자에 앉는다)

히긴스 그 바보 같은 형사가 뭐라고 하던가요? 보상금은 제시했소?

히긴스 부인 (화가 나서 놀라 일어서며) 일라이자를 찾으려고 경찰을 붙였다는 말은 아니겠지?

히긴스 당연히 그랬죠. 경찰은 뭐하라고 있는 건데요? 우리가 그것 말고 뭘 할 수 있겠어요? (엘리자베스 시대 의자에 앉는다)

피커링 형사가 까다롭게 굴더군요. 우리가 좋지 않은 목적을 가졌다고 의심하는 것 같아요.

히긴스 부인 물론 그랬겠지. 무슨 권리로 그 애가 도둑이라도 되듯이, 아니면 우산 같은 분실물이나 되는 것처럼 경찰을 찾아가 그 애 이름을 함부로 알려 주는 거니? 정말! (매우 분개하며 다시 앉는다)

히긴스 하지만 우리는 그 애를 찾고 싶어요.

피커링 그 애를 그렇게 가게 놔둘 수는 없어요, 히긴스 부인. 우리가 어떻게 했어야 할까요?

히긴스 부인 당신 둘 다 어린아이보다도 판단력이 없군요. 도대체 ―

하녀가 들어와서 대화를 중단시킨다.

하녀 헨리 씨, 어떤 신사분이 특별한 용건으로 뵙고 싶
어 합니다. 윔폴 거리에도 들렀다 왔다고 합니다.

히긴스 이런, 젠장! 난 지금 아무도 만날 수 없어. 누군데?

하녀 둘리틀 씨입니다.

피커링 둘리틀! 청소부 말인가?

하녀 청소부라고요! 아니요, 신사분입니다.

히긴스 (흥분해서 벌떡 일어나더니) 피커링, 그 애가 찾
아간 친척인가 봐요. 우리는 모르는 어떤 사람 말이에
요. (하녀에게) 올려 보내, 빨리.

하녀 네, 선생님. (나간다)

히긴스 (열을 내며, 어머니에게 가서) 상류층 친척이라!
이제 무슨 얘기를 좀 들을 수 있겠군. (치펀데일 의자
에 앉는다)

히긴스 부인 그 애의 가족 중 누구 아는 사람이라도 있니?

히긴스 아버지만요. 우리가 말씀드린 사람 말이에요.

하녀 (알려 준다) 둘리틀 씨입니다. (물러간다)

둘리틀이 들어온다. 마치 화려한 결혼식에 가는 것처럼
호화스럽게 옷을 입고 있다. 실제로 신랑일 수도 있다. 단

츳구멍에 꽂은 꽃, 눈부신 실크 모자, 에나멜가죽 구두 등 때문에 더욱 그렇게 보인다. 자기 용무에 너무 몰두해서 히긴스 부인이 있는 것도 알아차리지 못한다. 그는 곧바로 히긴스에게 걸어가서 격렬하게 나무라는 것으로 말을 시작한다.

둘리틀 (자기 자신을 가리키며) 여기를 보시오! 이게 보이시오? 당신이 한 짓이오.

히긴스 뭘 했다는 거요?

둘리틀 이거요, 이걸 봐요. 이 모자를 봐요. 이 외투를 보라고요.

피커링 일라이자가 옷을 사줬다는 거요?

둘리틀 일라이자요! 그 애는 아니오. 그 애가 왜 나한테 옷을 사주겠소?

히긴스 부인 안녕하세요, 둘리틀 씨. 앉으시지요.

둘리틀 (집주인을 잊어버렸다는 것을 깨닫고 깜짝 놀라서는) 죄송합니다, 마님. (다가가서 그녀가 내민 손을 잡고 악수한다) 고맙습니다. (피커링의 우측, 오토만 의자에 앉는다) 저는 저한테 일어난 일로 벅차서 다른 걸 생각할 수가 없습니다.

히긴스 도대체 당신한테 무슨 일이 일어난 거요?

둘리틀 이게 나한테만 벌어진 일이라면 상관하지 않겠어요. 누구에게나 사건은 벌어질 수 있으니까요. 신을

167

원망하지 누구를 원망할 수 있겠어요. 하지만 이건 당신이 나한테 저지른 일이야. 그래요, 당신, 엔리 이긴스 말이오.

히긴스 일라이자를 찾았소?

둘리틀 그 애를 잃어버렸소?

히긴스 그래요.

둘리틀 당신은 운이 좋군그래. 난 그 애를 못 찾았소. 하지만 이제 당신이 나한테 한 짓 때문에 그 애가 나를 금세 찾을 거요.

히긴스 부인 그런데 내 아들이 당신한테 뭘 했다는 건가요, 둘리틀 씨?

둘리틀 뭘 했냐고요? 나를 망쳐 놓았어요. 내 행복을 부숴 버렸어요. 나를 꽁꽁 묶어서 중산층 도덕률의 손아귀에 넘겨 버렸어요.

히긴스 (참지 못하고 일어나서 둘리틀을 내려다보며) 당신 헛소리를 하는군. 취했어. 돌았어. 난 당신한테 5파운드를 주었소. 그리고 한 시간씩 두 번 더 만나서 반파운드씩 주었지. 그 후로는 본 적이 없어.

둘리틀 아, 내가 취했다고요? 미쳤다고요? 말해 봐요. 미국에 있는 그 늙은 친구한테 편지를 썼소, 안 썼소? 세계 도처에 도덕 개혁 위원회를 설립하라고 5백만 달러를 기부하고, 당신에게 세계 공용 언어를 발명하라고 한 그 사람한테 말이오?

히긴스 뭐라고! 에즈라 D. 워너펠러[53] 말이군! 그는 죽
었소. (다시 아무렇게나 앉는다)

둘리틀 그래요. 그 사람은 죽었어요. 그리고 나는 끝장
이 났어요. 이제 말해 봐요. 그 사람에게 당신이 아는
한 영국에서 살고 있는 가장 독특한 도덕주의자가 천
한 청소부인 앨프리드 둘리틀이라는 편지를 보냈소,
안 보냈소?

히긴스 아, 당신이 처음 방문하고 나서 그와 비슷한 바
보 같은 농담을 한 기억이 나는군.

둘리틀 아, 그걸 바보 같은 농담이라고 하는군. 바로 그
게 나를 망쳐 놓았소. 그 사람에게 미국인은 우리랑
다르다는 걸 보여 줄 수 있는 기회를 제공한 셈이오.
아무리 미천하더라도 모든 계층의 사람이 각자의 장
점을 지니고 있다는 걸 인정하고 그걸 존중한다는 걸
말이지요. 그런 말이 그 사람의 빌어먹을 유서에 들어
있었다고요. 헨리 히긴스, 당신의 바보 같은 농담 덕
택에, 그 사람이 내게 가공 치즈 기금의 배당액으로
매년 4천 파운드를 남겼소. 1년에 여섯 번까지 워너펠
러 도덕 개혁 세계 연맹에서 강연을 한다는 조건으로
말이오.

---

53 Ezra D. Wannafeller. 미국의 유명 사업가인 존 워너메이커John
Wanamaker와 존 D. 록펠러John D. Rockefeller의 이름을 혼합해서 만
든 희화화된 가상의 인물이다.

히긴스   그 친구가 엉뚱한 짓을 했군! 휴! (갑자기 밝아 지면서) 정말 신 나는 일이군!

피커링   당신한테 해로울 건 없잖소, 둘리틀. 두 번 다시 강연을 부탁하지는 않을 테니까.

둘리틀   강연을 마다하는 게 아니에요. 나는 머리카락 한 올 까딱하지 않고도 그 사람들의 얼굴이 파랗게 질 리게 강연할 수 있어요. 내가 마음에 들지 않는 건 그 가 나를 신사로 만들었다는 거요. 누가 그 사람에게 나를 신사로 만들라고 부탁했소? 나는 행복했소. 나 는 자유로웠소. 필요할 때면 밤마다 누구한테든 돈을 뜯어낼 수 있었소. 내가 당신, 엔리 이긴스에게 그랬 듯이 말이요. 이제 나는 걱정이오. 머리부터 발끝까지 옴짝달싹 못 하게 되었소. 모두 내게서 돈을 옭아내려 하오. 내 변호사가 잘된 일이라고 하더군요. 그런가 요? 당신한테나 잘된 일이겠지, 라고 했소. 내가 가난 했을 때 쓰레기 수레 안에서 유모차를 발견해 변호사 를 만난 적이 있소. 그런데 그 사람이 나를 쫓아냈어 요. 할 수 있는 한 재빨리 몰아내더라고요. 의사들도 마찬가지였죠. 내 발로 서지도 못하는데 병원에서 몰 아내더라고요. 낼 돈도 없는데. 이제는 내가 건강하지 않으며, 하루에 두 번씩 돌보지 않으면 오래 살 수 없 다는 걸 알게 되었소. 집 안에서는 손 하나 까딱하면 안 돼요. 누군가가 그 일을 하고 내게서 돈을 뜯어 가죠. 1년 전에는 친척이라고는 나랑은 말도 하지 않는 두세 명이 고작이었어요. 이제는 쉰 명인데 월급을 제대로 받는 사람은 거의 없지요. 나는 다른 사람을 위해서 살아야 해요, 나 자신이 아니라. 그게 바로 중산층 도덕률이죠. 당신은 일라이자를 잃어버렸다고 했죠. 걱정하지 말아요. 지금쯤 내 집 문 앞에 와 있을 거요. 내가 신분 상승을 하지 않았더라면, 꽃을 팔아서 자립했을 테죠. 이제 내게서 돈을 뜯어낼 다음 사람은 엔리 이긴스, 당신이오. 나는 제대로 된 영어 대신에 당신에게 중산층 영어를 배워야만 해요. 그게 당신이 할 일이오. 그리고 그걸 위해서 당신이 이 일을 저지른 거지.

히긴스 부인   하지만 둘리틀 씨, 당신이 진심이라면 그렇게 이 모든 것 때문에 힘들어할 필요가 없어요. 아무도 이 유산을 받으라고 강요하지 않아요. 당신은 거부할 수 있어요. 그렇죠, 피커링 대령?

피커링   그렇습니다.

둘리틀   (부인이 여성임을 존중해서 태도를 누그러뜨리며) 그게 비극입니다, 부인. 포기하라고 말하기는 쉽습니다. 하지만 배짱이 없습니다. 우리 중 누가 그런 배짱을 가지고 있습니까? 우리는 모두 겁을 먹고 있어요. 겁을 먹었다고요, 부인. 그게 우리랍니다. 그걸 포기하고 나면 늙어서 갈 데가 구빈원밖에 더 있겠습니까? 저는 청소부 자리에 붙어 있기 위해서 벌써 머리 염색을 해야만 했습니다. 만약 제가 보호대상 빈민으로 돈이라도 모을 수 있었다면, 포기했을 겁니다. 보호대상 빈민이나 백만장자나 행복 수치는 마찬가지예요. 둘 다 행복이 뭔지 몰라요. 그런데 왜 내가 그래야 하죠? 나 같은 비보호대상 빈민에게는 중산층으로 몰아넣는 빌어먹을 연 4천 파운드 아니면 거지가 되는 것 외에는 선택의 여지가 없죠 — 제 표현을 양해해 주세요. 사모님도 저처럼 화가 났다면 이런 표현을 쓰셨을 겁니다 — 어디를 가든지 나를 괴롭힙니다. 구빈원이라는 괴물과 중산층이라는 괴물 중 하나를 선택해야 하는 거예요. 나는 구빈원에 갈 용기는 없답니다. 겁이 납니다. 그게 나예요. 망했어요. 팔려 버린 거죠. 내가 치우던 쓰레기를 치우면서 내게 팁을 받아내는 사람이 더 행복한 사람입니다. 그런데 당신 아들이 나를 그렇게 만든 겁니다. (감정에 겨워 한다)

히긴스 부인 어리석은 짓을 하지 않으신다니 다행입니다, 둘리틀 씨.

둘리틀 (우울한 체념을 보이며) 그렇습니다, 부인. 저는 1년에 4천 파운드 나오는 걸 가지고 모든 사람을 먹여 살려야 할 것 같습니다.

히긴스 (펄쩍뛰며) 말도 안 돼! 저 사람이 그 애를 돌봐서는 안 돼요. 저 사람은 그 애를 돌보지도 않을 거예요. 그 애는 저 사람 게 아니야. 내가 저 사람에게 그 애 값으로 5파운드를 주었어. 둘리틀, 당신은 정직한 사람이오, 아니면 악당이오?

둘리틀 (너그럽게) 양쪽 다 조금씩 가지고 있죠, 헨리. 우리 모두와 마찬가지로요. 양쪽 다 조금씩이요.

히긴스 당신은 그 애에 대한 대가로 돈을 받았으니 그 애를 데려갈 권리가 없어.

히긴스 부인 헨리, 바보같이 굴지 마. 일라이자가 어디 있는지 알고 싶다면, 그 애는 위층에 있다.

히긴스 (놀라서) 위층에요!!! 그렇다면 빨리 가서 데려 와야겠네요. (단호하게 문으로 향한다)

히긴스 부인 (일어나서 그를 쫓아가며) 조용히 해라, 헨 리. 앉아.

히긴스 난……

히긴스 부인 앉아라, 애야. 그리고 내 말을 들어 봐.

히긴스 알았어요, 알았어요, 알았다고요. (얼굴을 창으 로 향한 채 오토만 의자에 아무렇게나 앉는다) 하지만 30분 전에 말씀을 해주셨어야죠.

히긴스 부인 오늘 아침에 일라이자가 여기로 왔다. 당 신들 둘이 얼마나 자기를 거칠게 다루었는지 얘기하 더군.

히긴스 (다시 펄쩍 뛰면서) 뭐라고요!

피커링 (역시 일어나면서) 친애하는 히긴스 부인, 그 아이가 만들어 낸 얘기예요. 우리는 그 애를 거칠게 다루지 않았어요. 우리는 그 아이에게 한마디도 뭐라고 하지 않았어요. 우리는 아주 좋게 헤어졌어요. (히긴스를 향해서) 히긴스, 내가 자러 간 다음에 그 애를 괴롭혔소?

히긴스 그 반대예요. 그 애가 슬리퍼를 내 얼굴에 던졌어요. 그리고 아주 난폭하게 굴었어요. 나는 그 애를 전혀 화나게 하지 않았어요. 내가 방으로 들어가자마자 말 한마디 하기 전에 얼굴로 슬리퍼가 쾅 하고 날아왔다고요. 그러고는 아주 끔찍한 말들을 하는 거예요.

피커링 (놀라면서) 그런데 왜? 우리가 그 애한테 무슨 짓을 했는데?

히긴스 부인 당신들이 어떻게 했는지 알 것 같아요. 그 애는 다정다감한 마음을 타고난 것 같아요. 그렇죠, 둘리틀 씨?

둘리틀 네. 아주 정이 많습니다, 부인. 저를 닮았죠.

히긴스 부인 바로 그래요. 그 애는 두 사람을 좋아하게 되었어요. 그 애는 헨리, 너를 위해서 열심히 일했지. 너는 그 계급의 소녀에게 정신노동이라는 게 무엇을 의미하는지 모를 거다. 중요한 시험의 날이 왔고, 그 애는 단 하나의 실수도 없이 멋지게 일을 해냈지. 그런데 당신들은 그 아이에게는 한마디도 하지 않고, 둘이 끝나서 기쁘다는 둥 그 일이 너무 지겨웠다는 둥 하는 얘기나 주고받았지. 그러고도 그 애가 당신들에게 슬리퍼를 던졌다고 놀라는 건가요! **나라면** 부지깽이를 던졌을 거예요.

히긴스 우리는 그저 피곤해서 자러 가야겠다는 말밖에는 안 했어요. 그러지 않았나, 피커링?

피커링 (어깨를 으쓱하면서) 그게 전부였어요.

히긴스 부인 (비꼬면서) 확실해요?

피커링 확실해요. 정말이에요. 그게 전부예요.

히긴스 부인 그 아이에게 고맙다고 하지도 않고, 어루만져 주지도 않고, 칭찬하지도 않고, 그 애가 얼마나 대단했는지 말해 주지도 않았지.

히긴스 (참지 못하고) 하지만 그건 그 애가 다 알아요. 우리가 그 애에게 연설은 안 했죠, 어머니 말씀이 그걸 말한다면요.

피커링 (양심에 찔려서) 우리가 좀 배려가 없었던 것 같군. 그 애가 화가 많이 났나요?

히긴스 부인 (책상의 자기 자리로 돌아와서) 그 애는 윔폴 거리로 돌아가지 않을 것 같아요. 특히나 이제 둘리틀 씨가 당신들이 그 애에게 떠넘긴 신분을 유지시켜 줄 수 있게 되었으니 말이에요. 하지만 그 애는 기꺼이 과거사는 과거사로 돌리고 우호적인 관계로 만나겠다고 하더군요.

히긴스 (화가 나서) 그 애가 그래요? 흥!

히긴스 부인 네가 점잖게 굴겠다고 약속한다면, 헨리, 그 애에게 내려오라고 하겠다. 못하겠거든, 집으로 가거라. 내 시간을 많이 잡아먹었거든.

히긴스 알았어요. 좋았어. 피커링, 점잖게 굴자고요. 우리가 진흙탕에서 건져 낸 아이를 위해서 최고로 엄숙한 매너를 갖춥시다. (부루퉁해서 엘리자베스 시대 의자에 몸을 내던진다)

둘리틀 (타이른다) 자, 자, 엔리 이긴스! 중산층이 된 내 기분도 좀 생각해 주시구려.

히긴스 부인 약속한 것 기억해라, 헨리. (책상 위에 있는 누름단추를 누른다) 둘리틀 씨, 잠깐만 발코니에 나가 있겠어요? 일라이자가 이 두 신사와 화해를 하기 전에는 당신에 대한 충격적인 소식을 듣지 않았으면 좋겠네요. 그래 주겠어요?

둘리틀 원하시는 대로 하죠, 부인. 뭐든지 그 애를 내게서 떨어져 나가게 하는 일로 헨리에게 도움이 되는 거라면. (창문을 통해 나간다)

하녀가 종소리에 답한다. 피커링은 둘리틀이 있던 자리에 앉는다.

히긴스 부인 둘리틀 양에게 내려오라고 해.

하녀 네, 마님. (나간다)

히긴스 부인 자, 헨리. 점잖게 굴어라.

히긴스 난 완벽하게 점잖아요.

피커링 최선을 다하고 있습니다, 히긴스 부인.

침묵. 히긴스가 머리를 뒤로 젖히고 다리를 쭉 뻗는다. 그러고는 휘파람을 불기 시작한다.

히긴스 부인 헨리, 그런 태도는 멋있어 보이지 않는구나.

히긴스 (다리를 당기면서) 멋있어 보이려는 게 아니에요, 어머니.

히긴스 부인 상관없다, 얘야. 난 단지 네가 말을 하게 하려는 것뿐이야.

히긴스 왜요?

히긴스 부인 왜냐면 말을 하면서 동시에 휘파람을 불 수는 없으니까.

히긴스가 신음 소리를 낸다. 다시 길고 고통스러운 침묵이 흐른다.

히긴스 (참지 못하고 벌떡 일어나) 도대체 이 애는 어디 있는 거야? 하루 종일 기다려야 되는 건가?

일라이자가 환하고, 침착하게 들어온다. 놀랄 만큼 확실하게 여유 있는 모습을 보여 준다. 작은 작업 바구니를 들고서 아주 편안한 모습이다. 피커링은 너무 놀라서 일어서지도 못한다.

리자 안녕하세요, 히긴스 교수님. 평안하시죠?

히긴스 (숨이 막혀서) 내가……. (더 이상 말을 하지 못한다)

리자 물론 그러시겠죠. 아프신 적이 없으시니까. 다시 뵙게 되어 반갑습니다, 피커링 대령님. (피커링, 급하게 일어나서 악수를 한다) 오늘 아침은 꽤나 쌀쌀하죠, 그렇죠? (그의 왼편에 앉는다. 피커링도 그녀 옆에 앉는다)

히긴스 그런 장난을 감히 나한테 하는 거냐. 내가 가르친 거야. 나한테 해서는 안 되지. 일어나서 집에 가자. 바보같이 굴지 말고.

일라이자는 히긴스가 화를 내는 것에 전혀 신경을 쓰지 않고 바구니에서 바느질감을 꺼내더니 바느질을 시작한다.

히긴스 부인 아주 잘했다, 헨리. 어떤 여자도 그런 초대를 거절할 수는 없을 거다.

히긴스 그 애를 내버려 두세요, 어머니. 혼자 말하게 내버려 두세요. 내가 그 애 머릿속에 넣어 주지 않은 생각, 내가 그 애 입에 심어 주지 않은 단어가 하나라도 있나 곧 보시게 될 거예요. 코번트 가든의 으깨진 배추 잎을 가지고 제가 이 물건을 만들어 냈다니까요. 그런데 이제 나한테 숙녀 행세를 하려고 하다니.

히긴스 부인 (차분하게) 알겠다, 애야. 어쨌든 좀 앉아 볼래.

히긴스는 사납게 다시 앉는다.

리자 (히긴스를 본 척도 하지 않고, 솜씨 좋게 바느질을 하면서, 피커링에게) 실험이 끝났으니까 대령님도 저를 완전히 버리실 건가요, 피커링 대령님?

피커링 아니지. 그걸 실험이라고 생각해서는 안 돼. 나한테는 충격이구나.

리자 아, 저는 그저 으깨진 배추 잎에 불과한데요…….

피커링 (감정적으로) 아니야.

리자 (차분하게 계속한다) 어쨌든 대령님한테 신세를 너무 많이 져서 저를 잊어버리신다면 너무 슬플 거예요.

피커링 그렇게 말해 준다니 정말 고맙군, 둘리틀 양.

리자 제 옷값을 내셨기 때문이 아니에요. 돈에 관해서 모든 사람에게 너그러우신 것을 알고 있어요. 저는 대령님에게서 정말 훌륭한 예의 범절을 배웠어요. 그리고 그게 숙녀를 만드는 거잖아요, 그렇죠? 제 앞에 항상 계시는 히긴스 교수님을 본보기로 두고서는 너무 힘든 일이죠. 저는 바로 그분처럼 자랐어요. 자제하지 못하고, 아주 조금만 화가 나도 욕을 하고. 대령님이 거기 계시지 않았더라면 저는 신사, 숙녀는 그렇게 행동하지 않는다는 걸 절대 몰랐을 거예요.

히긴스 이런!!

피커링 그건 그냥 그분의 방식일 뿐이야. 특별한 의미가 있는 건 아니야.

리자 아, 제가 꽃 파는 소녀였을 때 **저도** 특별한 의미를 가지고 행동한 건 아니에요. 그냥 버릇이었을 뿐이죠. 하지만 제가 그렇게 행동했잖아요. 그리고 결국 그게 차이를 만들었죠.

피커링 물론이지. 그래도 그분이 네게 말하는 걸 가르치셨잖니. 그리고 난 그걸 할 수 없단다.

리자 (대수롭지 않게) 물론이에요. 그게 그분의 직업이 잖아요.

히긴스 빌어먹을!

리자 (계속하면서) 그건 그냥 멋지게 춤추는 것을 배우는 것과 같아요. 거기에 그 이상은 없어요. 그런데 제게 진정한 교육을 시작한 게 뭔지 아세요?

피커링 뭔데?

리자 (잠깐 하던 일을 멈추고) 제가 윔폴 거리에 처음 온 날 저를 둘리틀 양이라고 불러 주신 거요. 그게 제게는 자기 존중의 시작이었어요. (바느질을 다시 시작한

다) 그리고 대령님에게는 자연스러운 거라서 알아차리지도 못할 자잘한 행동들이 몇 백 개나 있었어요. 일어나신다든지, 모자를 벗으신다든지, 문을 열어 주신다든지…….

피커링 아, 그건 아무것도 아니란다.

리자 아니에요. 그런 행동들은 대령님이 저를 그릇 닦는 하녀보다 나은 존재로 생각하시고 느낀다는 걸 보여 주었어요. 물론 대령님은 그릇 닦는 하녀가 거실에 들어왔더라도 똑같이 행동하셨을 걸 알아요. 대령님은 제가 있을 때면 식당에서 부츠를 벗으신 적이 없잖아요.

피커링 마음 쓰지 마라. 히긴스는 어디서든 부츠를 벗으니까.

리자 알아요. 저는 그분을 비난하는 게 아니에요. 그건 그분의 방식이죠, 그렇죠? 하지만 대령님은 그렇게 하지 않으셨던 게 저한테는 커다란 차이를 만들었어요. 누구든지 배울 수 있는 것 말고(옷을 멋지게 입는다거나 제대로 말을 한다거나 하는 것들이요), 정말로, 진실로 숙녀와 꽃 파는 소녀의 차이는 어떻게 행동하느냐가 아니라 어떻게 대접을 받느냐에 달렸죠. 저는 히긴스 교수님께는 언제나 꽃 파는 소녀일 거예요. 왜냐하면 그분은 저를 언제나 꽃 파는 소녀로 대하고 앞으로도 그럴 테니까요. 하지만 저는 대령님께

는 숙녀가 될 수 있다는 걸 알아요. 대령님은 저를 언
제나 숙녀로 대해 주셨고, 앞으로도 그러실 거니까요.

히긴스 부인 이빨 좀 갈지 말아라, 헨리.

피커링 아주 멋지군, 둘리틀 양.

리자 원하시면 저를 일라이자라고 불러 주셔도 돼요.

피커링 고마워, 일라이자. 물론이지.

리자 그리고 히긴스 교수님께서는 저를 둘리틀 양이라
고 부르셨으면 좋겠어요.

히긴스 먼저 지옥에나 가라.

히긴스 부인 헨리! 헨리!

피커링 (웃으며) 너도 욕으로 갚아 주지 그러니? 참지
마라. 그에게 큰 도움이 될 텐데.

리자 못 해요. 전에는 했었죠. 하지만 이제는 그때로 돌
아갈 수 없어요. 아이를 외국으로 데려가면 몇 주 안
에 그 나라 말을 배우고, 모국어는 잊어버린다고 말씀
하셨죠. 저는 대령님 나라의 아이예요. 제 모국어는
잊어버렸어요. 이제는 대령님 나라의 말밖에는 하지
못해요. 그게 토트넘 코트 거리와의 진정한 결별이죠.
윔폴 거리를 떠나는 게 그걸 마무리하는 것이고요.

피커링 (크게 놀라면서) 아! 하지만 너는 윔폴 거리로 돌
아올 거지, 아니니? 히긴스를 용서하는 거지?

히긴스 (일어서며) 용서라고! 제까짓 게! 가게 내버려
둬. 우리 없이 사는 게 어떤 것인지 스스로 알게 해줘.

그 애는 내가 옆에 없으면 3주 안에 시궁창으로 도로
돌아가게 될 거야.

둘리틀이 중앙에 있는 창에 나타난다. 위엄 있는 표정으
로 히긴스를 나무라면서 천천히, 조용히 딸에게 다가간다.
딸은 등을 창 쪽으로 향하고 있어 그가 다가오는 것을 알지
못한다.

피커링 저분은 안 고쳐진다, 일라이자. 너는 돌아가지
  않을 거지, 그렇지?
리자 예. 그러지 않을 거예요. 영원히 다시는요. 저는
  수업을 받았어요. 이제는 노력한다고 해도 옛날 발음
  으로는 한마디도 못 할 거예요. (둘리틀이 그녀의 왼쪽
  어깨를 건드린다. 일라이자는 아버지의 화려한 모습에
  바느질거리를 떨어뜨리며 침착함을 완전히 잃어버린다)
  아 — 아 — 아 — 아 — 아오 — 우오!
히긴스 (승리의 환성을 지르며) 하! 바로 그거야. 아 —
  아 — 아 — 아 — 아 — 아오우오! 아 — 아 — 아 —
  아 — 아오 — 우오! 아 — 아 — 아 — 아 — 아오 —
  우오! 이겼다! 이겼다! (팔짱을 끼고 거만하게 다리를
  벌린 채 소파에 몸을 던진다)
둘리틀 이 애를 비난할 수 있소? 나를 그렇게 보지 마
  라, 일라이자. 이건 내 잘못이 아니야. 내가 돈을 좀 상

속받았단다.

리자 이번에는 백만장자를 등쳤나 보지요, 아버지.

둘리틀 그랬단다. 하지만 오늘은 특별히 차려입은 거란다. 난 하노버 스퀘어에 있는 세인트조지 교회로 가는 길이다. 네 계모가 나랑 결혼을 한단다.

리자 (화가 나서) 아버지는 그 천박한 여자랑 결혼을 할 정도로 수준을 떨어뜨리겠다는 거예요!

피커링 (차분하게) 하셔야 한다, 일라이자. (둘리틀에게) 그 여자가 어떻게 마음을 바꿨죠?

둘리틀 (슬퍼하며) 겁을 먹은 거죠, 나리. 겁을 먹은 겁니다. 중산층 도덕률이 희생양을 잡은 셈이죠. 리자, 모자를 쓰고 내가 결혼하는 꼴을 보러 오지 않겠니?

리자 대령님께서 그래야 한다면 그래야죠. 나는……. (거의 울면서) 나 자신을 숙이고, 그 대가로 모욕을 감수하겠어요.

둘리틀 걱정 말아라. 그 여자는 누구와도 싸우지 않는다! 불쌍한 여자 같으니라고! 체면이 그 여자의 기상을 다 망가뜨려 버렸어.

피커링 (일라이자의 팔꿈치를 부드럽게 잡으며) 저분들께 잘해 드려, 일라이자. 최선을 다해야지.

리자 (짜증이 나면서도 그에게 미소를 지으려 애쓰면서) 아, 네, 그 사람들에게 나쁜 감정이 없다는 것만 보여 주면 되죠. 금방 돌아올게요. (나간다)

둘리틀 (피커링 옆에 앉는다) 예식을 치르려니 긴장이 되는군요, 대령. 오셔서 제가 해내는 걸 보셨으면 합니다.

피커링 하지만 전에도 한 적이 있지 않소. 일라이자의 어머니와 결혼을 하지 않았소?

둘리틀 누가 그렇다고 하던가요, 대령님?

피커링 그건 아니지만 당연히 그럴 거라고 생각했죠…….

둘리틀 아니요. 그게 당연한 건 아니죠, 대령님. 그건 단지 중산층의 방식일 뿐이에요. 내 방식은 언제나 비보호대상자의 것이죠. 하지만 일라이자에게는 아무 말 마세요. 그 애는 모릅니다. 저는 그 애한테 말할 때 늘 조심했습니다.

피커링 잘하셨습니다. 상관없다면 그냥 놔두는 게 좋겠소.

둘리틀 그리고 제가 잘 이겨 낼 수 있도록 교회에 오실 거죠, 대령님?

피커링 기꺼이 그렇게 하죠. 독신남이 할 수 있는 한 말이오.

히긴스 부인 나도 가도 될까요, 둘리틀 씨? 당신 결혼식을 놓치면 매우 서운할 것 같아요.

둘리틀 그렇게 겸양을 베풀어 주시니 영광입니다. 우리 불쌍한 마누라에게는 굉장한 선물이 될 겁니다. 행복한 시절은 지나갔다고 아주 침울해 있거든요.

히긴스 부인 (일어나면서) 마차를 부르고 준비를 해야겠구나. (히긴스를 제외하고 남자들이 모두 일어선다) 15분 이상은 걸리지 않을 거다. (부인이 문으로 가자, 일라이 자가 모자를 쓰고 장갑의 단추를 채우면서 들어온다) 나는 네 아버지의 결혼식을 보러 교회에 갈 거야, 일라이 자. 너도 나랑 같이 마차를 타는 게 나을 거다. 피커링 은 신랑이랑 같이 갈 거고.

히긴스 부인은 나간다. 일라이자는 중앙 창과 오토만 의 자 사이 방 가운데로 온다. 피커링이 그녀에게로 간다.

둘리틀 신랑이라, 대단한 말이군! 남자로 하여금 자신 의 처지를 깨닫게 해주는군. (모자를 집어 들더니 문을 향해 간다)

피커링 내가 나가기 전에, 일라이자, 히긴스를 용서하고 우리에게로 오지 않겠니?

리자 아버지가 허락할 것 같지 않아요. 어때요, 아버지?

둘리틀 (슬프지만 너그럽게) 저 사람들은 너를 아주 교 묘하게 다뤘어, 일라이자. 저 두 놀이꾼들 말이다. 한 사람만 있었더라면 너는 그를 꽉 잡을 수 있었을 거 야. 하지만 두 명이잖아. 말하자면 서로서로 보호하고 있는 거라고. (피커링에게) 아주 솜씨가 좋으셨습니다, 대령님. 하지만 악감정은 없어요. 나라도 똑같이 했을 겁니다. 나는 평생 동안 여자들의 희생양이었죠. 그리

고 두 분이 리자를 더 나은 방향으로 변화시키는 것을
마다하지 않습니다. 관여도 하지 않을 거고요. 이제
가야 할 시간이군요, 대령님. 안녕히 계시오, 헨리. 세
인트조지 교회에서 보자, 일라이자. (나간다)

피커링 (달래면서) 우리랑 같이 지내자, 일라이자. (둘리
틀을 쫓아 나간다)

일라이자는 히긴스와 둘만 있는 것을 피하기 위해서 발
코니로 나간다. 히긴스는 일어나서 일라이자에게로 간다.
그녀는 즉시 방으로 돌아와서 문으로 간다. 하지만 그는 발
코니를 돌아서 그녀가 문에 도착하기 전에 먼저 문을 막아
선다.

히긴스 자, 일라이자, 그만하면 어지간히 복수를 한 셈
이구나. 네 말을 빌리자면 말이다. 이제 충분하지 않
니? 이제 정신 좀 차릴래? 아니면 더 하고 싶은 거니?

리자 당신의 슬리퍼나 줍고, 성질이나 받아 주고, 이것
저것 당신이 시키는 거나 하게 돌아오라는 거죠.

히긴스 난 네가 돌아왔으면 좋겠다고 말한 적 없다.

리자 오, 그래요. 그렇다면 우리는 무슨 얘기를 하고 있
는 거죠?

히긴스 나에 대해서가 아니라 너에 대해서 말하고 있는
거야. 네가 돌아온다면 나는 언제나 너를 대했던 것처

187

럼 그렇게 대할 거다. 나는 내 성격을 바꿀 수 없고, 매
너를 바꿀 마음도 없거든. 내 매너는 피커링 대령의
매너와 똑같은 거란다.

리자 그건 사실이 아니에요. 그분은 꽃 파는 소녀를 공
작 부인처럼 대해 주세요.

히긴스 나는 공작 부인을 꽃 파는 소녀처럼 대한단다.

리자 알았어요. (차분하게 돌아서서는 유리창을 바라보
고 오토만 의자에 앉는다) 모든 사람을 똑같이 대한다
이거죠.

히긴스 바로 그거야.

리자 우리 아버지처럼요.

히긴스 (웃으면서, 약간 누그러져서) 모든 면에서 그 비교
를 받아들이는 건 아니지만, 일라이자, 네 아버지가 속
물이 아닌 것은 맞는다. 그리고 그 친구는 자신의 특
이한 운명이 인도하는 대로 인생의 어떤 상태에서도
편안함을 느낄 거다. (진지하게) 중요한 비법은 나쁜
매너, 훌륭한 매너 또는 어떤 특별한 매너를 지닌다거
나 하는 게 아니라 모든 인간에게 똑같은 매너를 보여
준다는 데 있다. 마치 3등칸이 없는, 한 영혼이 다른
영혼과 똑같이 소중한 천국에 와 있는 것처럼 말이지.

리자 아멘. 선생님은 타고난 설교자예요.

히긴스 (짜증을 내며) 문제는 너를 무례하게 대했느냐가
아니고 내가 다른 사람한테 더 잘 대해 주는 걸 네가

본 적이 있느냐는 거다.

리자 (갑자기 진지해져서) 선생님이 저를 어떻게 대해 주든 상관하지 않아요. 저는 선생님이 저한테 욕을 해도 상관 안 해요. 눈에 멍이 들게 맞아도 괜찮아요. 그렇게 맞은 적도 있거든요. 하지만 (일어서서 그를 마주 보며) 나를 무시하고, 지나쳐 버리는 것은 안 돼요.

히긴스 그렇다면 내 앞에서 네가 비켜. 왜냐면 난 널 위해서 멈춰 서지는 않을 거거든. 마치 내가 버스라도 되는 것처럼 말하는구나.

리자 그래요. 선생님은 버스예요. 아무 데서나 튀어 오르고 어디나 가고, 남에 대한 생각은 전혀 하지 않죠. 하지만 나는 당신 없이도 할 수 있어요. 못 할 거라고 생각하지 마세요.

히긴스 네가 할 수 있는 건 알고 있어. 넌 할 수 있다고 내가 그랬잖아.

리자 (감정이 상해서, 얼굴을 벽난로 쪽으로 돌린 채 그를 피해 오토만 의자의 다른 쪽으로 가서) 그랬던 거 알고 있어요. 악당 같으니라고. 나를 쫓아 버리고 싶었던 거죠.

히긴스 거짓말쟁이.

리자 고맙습니다. (위엄 있게 앉는다)

히긴스 넌 내가 너 없이 해나갈 수 있는지 생각해 보지 않았지.

리자 (진지하게) 나를 꾀려고 하지 마세요. 나 없이 해 나가야 해요.

히긴스 (거만하게) 난 누구 없이도 해낼 수 있어. 난 나 자신의 영혼을 가지고 있지. 나 자신만의 신성한 불꽃 말이야. 하지만 (갑자기 겸손하게) 나는 네가 그리울 거다, 일라이자. (오토만 의자 위, 그녀 옆에 앉는다) 난 네 바보 같은 생각들에서 무언가를 배웠어. 겸허하고 고맙게 그걸 인정하겠다. 그리고 나는 네 목소리와 모습에 익숙해졌어. 그것들이 꽤 마음에 드는구나.

리자 목소리와 모습은 선생님의 녹음기와 사진첩에 들어 있잖아요. 제가 없어서 외롭게 느껴질 때는 기계를 켜시면 돼요. 그건 상처받을 감정도 없으니까요.

히긴스 네 영혼을 켤 수는 없어. 내게 감정들은 남겨 둬. 네 목소리와 얼굴은 가져가도 된다. 그건 네가 아니거든.

리자 아, 당신은 악마예요. 마치 팔을 비틀어서 아프게 하듯이 여자의 마음을 쉽게 비틀어 버리는군요. 피어스 부인이 제게 경고했어요. 여러 번 선생님을 떠나고 싶었다고요. 그런데 언제나 마지막 순간에 선생님이 감언이설을 했다더군요. 선생님은 부인에 대해서는 전혀 걱정하지 않죠. 저도 마찬가지고요.

히긴스 난 인생과 인류에 대해서는 관심이 있어. 너는 내가 가는 길로 와서 내 집의 일부를 이룬 그 인류의 한 부분이야. 너든 누구든 간에 더한 것을 요구할 수 있겠어?

리자 난 내게 관심이 없는 사람한테는 관심이 없어요.

히긴스 상업적인 원칙이구나, 일라이자. 마치 (그녀의 코번트 가든 시절 발음을 전문가다운 정확성을 가지고 재현하며) 제비꽃 파는 것만치로, 그렇지?

리자 날 비웃지 마세요. 나를 비웃는 건 비열해요.

히긴스 난 평생 누구를 비웃어 본 적이 없다. 비웃는 행위는 인간의 얼굴에도, 영혼에도 어울리지 않아. 나는 상업주의에 대한 나의 정당한 경멸을 표현하고 있는 거야. 나는 애정이란 걸 가지고 장사하지도 않고, 앞으로도 하지 않을 거야. 너는 내가 네 슬리퍼를 가져오고 안경을 찾아 주는 걸로 나에 대한 권리를 획득할 수 없으니까 나를 악당이라고 부르지. 너는 바보야. 난 여자가 남자의 슬리퍼를 가져다주는 건 역겨운 모습이라고 생각해. 내가 네 슬리퍼를 가져다준 적이 있니? 나는 네가 내 얼굴에 슬리퍼를 던진 것에 대해 많이 생각해 보았어. 나를 위해 노예처럼 일하고 나서, 돌봐 줬으면 좋겠다고 하는 건 소용없어. 누가 노예를 돌봐 주겠니? 네가 돌아온다면 진정한 우정을 위해서 돌아오는 거야. 그 외에 다른 걸 얻을 수는 없을 거야. 너는 내가 너한테서 얻어 낸 것의 천배는 더 얻어 냈어. 내가 만들어 낸 일라이자 공작 부인에 어울리지 않게, 슬리퍼를 물어 오고 가져가는 개나 하는 재주를 감히 네가 보여 주려 한다면, 나는 네 바보 같은 얼굴에다 대고 문을 닫아 버릴 거야.

리자 나를 좋아하지 않는다면 왜 그런 일을 하신 거예요?

히긴스 (기꺼이) 그건 내 직업이기 때문이야.

리자 그 일로 해서 생길 문제점들은 전혀 생각하지 않으셨죠.

히긴스 만약 창조주가 문제가 생길 것을 걱정했다면 세계를 만들었을까? 세상을 만드는 건 문제를 만드는 거야. 문제를 피할 수 있는 유일한 방법은 문제로부터 도망치는 거야. 즉 그것들을 죽여 버리는 거지. 너도 알다시피 비겁자들은 항상 비명을 지르지. 문제를 일으킨 사람들을 죽이기 위해서 그런 거야.

리자 나는 설교사가 아니에요. 나는 그런 것들은 몰라요. 하지만 선생님이 나를 알아주지 않는다는 건 알겠어요.

히긴스 (펄쩍 뛰더니, 고집스럽게 서성대면서) 일라이자, 넌 바보야. 나는 내 보석 같은 밀턴의 정신을 네게 펼쳐 보임으로써 그걸 낭비하고 말았어. 분명히 알아 둬라. 나는 우리 둘한테 무슨 일이 일어날지 조금도 신경 쓰지 않고 나의 길을 가고, 내 일을 할 거야. 난 네 아버지나 계모처럼 겁먹지 않았어. 그러니까 돌아오든지, 악마한테 가버리든지 네가 원하는 대로 하렴.

리자 내가 왜 돌아가야 하죠?

히긴스 (오토만 의자에 무릎을 꿇고 뛰어올라 리자 쪽으로 몸을 숙이고) 재미가 있으니까. 그래서 내가 널 맡은 거야.

리자 (얼굴을 돌리면서) 그리고 내가 모든 걸 선생님이 원하는 대로 하지 않으면 나를 내일 당장 내쫓아 버릴 거죠.

히긴스 그래. 너도 내가 모든 걸 네가 원하는 대로 하지 않으면 내일 당장 떠나도 된다.

리자 그리고 계모랑 같이 살라고요.

히긴스 그래. 아니면 꽃을 팔든지.

리자 아! 꽃이나 팔던 때로 돌아갈 수만 있다면! 당신하고 아버지 그리고 세상으로부터 독립해야만 했는데! 왜 내게서 독립을 빼앗아 갔어요? 나는 뭘 위해서 그걸 포기한 거죠? 이제 좋은 옷이 아무리 많아도 노예와 마찬가지예요.

히긴스 전혀 아니야. 난 너를 양녀로 삼고, 원한다면 돈을 줄 수도 있어. 아니면 피커링과 결혼하는 건 어떠니?

리자 (사납게 그를 노려보며) 당신이 청혼하더라도 당신과는 결혼하지 않을 거예요. 당신은 대령님이 그런 것보다 더 젊지만 말이에요.

히긴스 (친절하게) 〈대령님보다〉가 맞아. 〈대령님이 그런 것보다〉가 아니라.

리자 (화가 나서 일어나며) 내가 말하고 싶은 대로 할 거예요. 당신은 이제 더 이상 내 선생이 아니야.

히긴스 (생각에 잠겨서) 피커링도 결혼할 것 같지는 않아. 그 사람도 나만큼이나 확고한 독신주의자거든.

리자 내가 원하는 건 그게 아니에요. 그런 생각은 하지도 마세요. 나와 결혼하고 싶어 하는 사람은 항상 있었으니까요. 프레디 힐은 하루에 두세 번씩 나한테 편지를 쓰고 있어요. 그것도 몇 장씩이나.

히긴스 (불쾌하게 놀라서는) 더럽게 뻔뻔스럽군! (움찔하더니, 자기가 쭈그리고 앉아 있다는 걸 알아차린다)

리자 원한다면 그에게는 그럴 권리가 있어요. 불쌍한 사람. 그리고 그 사람은 나를 사랑해요.

히긴스 (오토만 의자에서 일어나서는) 네게 그 녀석을 부추길 권리는 없어.

리자 모든 여자는 사랑받을 권리가 있어요.

히긴스 뭐라고! 그런 바보들한테 말이야?

리자 프레디는 바보가 아니에요. 그리고 그 사람은 허약하고 가난해도 나를 원하고 있고, 나를 들볶고 원하지 않는 잘난 사람들보다 나를 더 행복하게 만들어 줄 거예요.

히긴스 그자가 너를 무엇으로 만들어 줄 수 있는데? 그게 문제지.

리자 아마 내가 그를 무언가로 만들 수 있을 거예요. 하지만 나는 우리가 서로를 어떻게 만든다는 생각은 해 본 적이 없어요. 당신은 그런 생각뿐이군요. 난 그냥 자연스러운 것이 좋아요.

히긴스 간단히 말해서, 내가 프레디처럼 너한테 홀딱 반하기를 원하는 거지?

리자 아니요. 내가 당신에게서 원하는 건 그런 감정이 아니에요. 그리고 당신 자신이나 나에 대해서 너무 확신하지 말아요. 원했다면 난 나쁜 애가 될 수도 있었어요. 당신이 아무리 지식이 많다고 하더라도 난 당신보다 더 많은 것을 보았어요. 나 같은 여자들은 아주 쉽게 신사들을 유혹해서 관계를 맺을 수 있어요. 다음 순간에는 서로가 죽어 버렸으면 하지만요.

히긴스 물론 그렇지. 그러면 도대체 우리는 뭘 가지고 싸우고 있는 거지?

리자 (더 괴로워하며) 난 약간의 친절을 원해요. 난 천하고 무식한 아이고, 당신은 유식한 신사인 거 알고 있어요. 하지만 내가 당신 발톱의 때는 아니에요. 내가 그 일을 했는데, (자신의 표현을 바로 잡으며) 내가 그 일을 했던 건 옷을 얻거나 택시를 타기 위해서가 아니었어요. 나는 우리가 같이 있으면 즐겁고, 내가 선생님을, 좋아해서, 좋아하게 돼서 했던 거예요. 당신이 나를 사랑하게 되기를 원했던 것도 아니고 우리가 신분이 다르다는 걸 잊은 것도 아니에요. 단지 더 친해졌으면 했던 거예요.

히긴스 음, 물론이지. 나도 바로 그렇게 느끼고 있어. 그리고 그게 피커링이 느끼는 거고. 일라이자, 너는 바보야.

리자 그건 나한테 할 적절한 대답이 아닌 것 같네요. (눈물을 보이면서 책상의 의자에 주저앉는다)

히긴스 네가 천한 바보가 되기를 그만두지 않는 한, 계속 그런 말을 듣게 될 거다. 숙녀가 되려거든, 무시당했다고 느껴서는 안 된다. 네가 아는 남자들이 시간의 절반은 너를 붙잡고 훌쩍거리고, 나머지 절반은 너를 두드려 패는 데 쓰지 않는다고 해서 말이다. 네가 내 삶의 방식의 냉정함과 그 긴장을 견딜 수 없다면 시궁창으로 돌아가거라. 가서 네가 인간이 아니라 짐승이 될 때까지 일을 해. 그리고 잠이 들 때까지 껴안고, 다투고, 술을 마셔. 좋은 생활이지. 시궁창의 생활이야. 진국이지. 따뜻하고 격렬한 생활이지. 둔해 빠져도 느낄 수 있는 삶이야. 어떤 훈련이나 연구 없이도, 맛보고 냄새를 맡을 수 있지. 과학, 문학, 고전 음악이나 철학, 예술과는 다르게 말이야. 넌 나를 냉정하고, 감정이 없고, 이기적이라고 생각하지, 그렇지? 좋아. 네가 좋아하는 사람들한테 가버려. 감상적인 돼지랑 결혼을 하든지, 아주 돈이 많고, 네게 입을 맞출 두꺼운 입술과 너를 발로 차버릴 두꺼운 부츠를 가진 놈이랑 결혼해 버려. 네가 가진 것을 고마워할 수 없다면, 네가 감사할 수 있는 걸 갖는 게 낫겠지.

리자 (절박하게) 아, 당신은 잔인한 폭군이에요. 당신하고는 말을 할 수가 없어요. 당신은 모든 걸 나한테 불리하게 바꿔 놓아요. 나는 항상 잘못한 거죠. 하지만 당신도 자신이 남을 괴롭히는 폭군밖에 안 된다는 걸 알고 있죠. 내가 당신이 말하는 그 시궁창으로 돌아갈 수 없다는 건 당신도 알잖아요. 그리고 세상에 당신하고 대령님 말고는 진정한 친구도 없다는 걸 알고 있어요. 그리고 두 분을 만난 후에 내가 미천한 남자와 같이 살 수 없게 되었다는 것도 잘 알고 있잖아요. 내가 할 수 있는 척하면서 나를 모욕하는 건 사악하고 잔인한 거예요. 내가 아버지 집 말고는 갈 데가 없으니까 웜폴 거리로 돌아가야 한다고 생각하죠. 하지만 나를 발밑에 두고 짓밟고 무시해도 된다고 확신하지는 마세요. 난 프레디랑 결혼하겠어요. 내가 그를 부양할 수 있게 되면 바로요.

히긴스 (깜짝 놀라서) 프레디라고!!! 그 어린 바보 자식! 그 멍청한 녀석은 할 용기가 있다고 하더라도 심부름꾼 같은 직업도 얻을 수 없을 거야! 이 여자야, 내가 너를 국왕의 배우자가 될 수도 있게 만들었다는 걸 넌 모르겠니?

리자   프레디는 나를 사랑해요. 그걸로 그 사람은 내게
　　　왕이나 마찬가지예요. 나는 그 사람이 일하는 걸 원치
　　　않아요. 그 사람은 나처럼 일을 할 수 있게 성장하지
　　　않았어요. 내가 나가서 선생이 될 거예요.

히긴스   도대체 네가 뭘 가르친다는 거니?

리자   선생님이 나한테 가르친 거요. 난 음성학을 가르
　　　칠 거예요.

히긴스   하! 하! 하!

리자   난 그 털보 헝가리 사람에게 가서 조수가 되고 싶
　　　다고 할 거예요.

히긴스   (화가 나서 일어서며) 뭐라고! 그 사기꾼! 그 협
　　　잡꾼! 그 알랑거리기나 하는 무식한 놈! 그자에게 내
　　　방법들을 가르쳐 준다고! 내가 발견한 것들을! 그 녀
　　　석 쪽으로 한 발짝만 다가가면 네 목을 비틀어 버릴
　　　거야. (그녀에게 손을 갖다 댄다) 들었어?

리자   (도전적으로, 저항하지 않고) 비틀어 버려요. 내가
　　　무슨 상관이야? 언젠가 나를 때릴 걸 알고 있었어요.
　　　(히긴스는 자제심을 잃었다는 것에 너무 화가 나서, 그녀
　　　에게서 떨어진다. 그러고는 너무 급하게 물러서는 바람
　　　에 오토만 의자의 자리로 다시 고꾸라진다) 아하! 이제
　　　당신을 어떻게 다뤄야 하는지 알았어요. 그걸 전에 생
　　　각하지 못했다니 나도 바보였지. 당신은 나한테 준 지
　　　식을 도로 빼앗아 갈 수 없어요. 당신은 내가 당신보

다 더 귀가 예민하다고 했었죠. 그리고 나는 당신보다 사람들에게 더 예의 바르고 친절할 수 있어요. 아하! (그를 화나게 하려고 일부러 ⟨h⟩를 빼고 발음한다) 그걸로 되었어요, 엔리 이긴스. 되었시요. 이제 나는 (손가락을 튕기면서) 당신의 협박이나 큰소리 따위는 상관하지 않아요. 나는 신문에 당신의 공작 부인이 당신이 가르친 꽃 파는 소녀에 불과하다고 광고를 낼 거예요. 그리고 그 애가 1천 기니만 내면 6개월 안에 누구든지 공작 부인이 될 수 있게 가르쳐 준다고 할 거예요. 손가락만 까닥하면 당신이랑 동등해질 수 있는데 당신 발밑에서 기어다니며, 짓밟히고, 욕먹은 걸 생각하면 나 자신을 발로 차고 싶어요.

히긴스 (그녀에게 놀라서) 이 빌어먹을 건방진 것! 하지만 징징 짜는 것보다는 낫다. 슬리퍼를 가져다주고, 안경을 찾아 주는 것보다 낫고, 그렇지? (일어서며) 정말이지, 일리이자. 내가 너를 여자로 만들었구나. 그랬어. 난 이런 네가 좋아.

리자 그래요. 이제 내가 당신을 두려워하지 않고 당신 없이도 해낼 수 있으니까 당신은 태도를 바꿔 나와 화해하려 하는군요.

히긴스 물론 그렇지, 이 멍청아. 5분 전에 너는 내 목에 걸린 맷돌과 같았어. 이제 너는 든든한 탑과 같아. 동행하는 전함과도 같아. 너와 나 그리고 피커링은 두

남자와 바보 같은 계집애가 아니라 세 명의 나이 든
독신자가 될 거야.

히긴스 부인이 결혼식을 위해 옷을 차려입고 돌아온다.
일라이자는 곧 냉정하고 우아해진다.

히긴스 부인 마차가 기다리고 있어, 일라이자. 준비된
거니?

리자 그럼요. 교수님도 가시나요?

히긴스 부인 절대 안 되지. 교회에서 제대로 처신할 줄
을 모르거든. 목사님의 발음을 가지고 계속해서 큰 소
리로 비평을 해대거든.

리자 그럼 다시 뵙지 못하게 될 것 같네요, 교수님. 안
녕히 계세요. (문 쪽으로 간다)

히긴스 부인 (히긴스에게 가서) 잘 있어라, 얘야.

히긴스 안녕히 가세요, 어머니. (어머니에게 키스를 하려
다 뭔가를 생각해 낸다) 오, 그런데, 일라이자, 햄하고
스틸턴 치즈 좀 주문해 줄래? 그리고 내게 순록 가죽
장갑 8호 한 벌과 새 양복에 어울리는 넥타이 좀 사다
줘. 색깔은 네가 선택해도 된다. (명랑하고, 꾸밈없고,
활기찬 그의 목소리는 그가 도저히 고쳐질 수 없음을 보
여 준다)

리자 (오만하게) 양털로 안을 댄 장갑을 원한다면 8호

는 당신한테 너무 작아요. 그리고 세면대 서랍에 잃어 버린 넥타이가 세 개나 있어요. 피커링 대령님은 스틸 턴보다 글로스터 치즈를 더 좋아하세요. 당신은 차이 점을 모르지만요.[54] 오늘 아침에 피어스 부인에게 햄 을 잊어버리지 말라고 전화했어요. 당신이 나 없이 어 떻게 해나갈지 상상이 안 되네요. (당당하게 나간다)

히긴스 부인 네가 저 애를 버릇없게 만드는 것 같구나, 헨리. 저 애가 피커링을 조금만 덜 좋아했다면 난 너와 저 애의 사이에 대해서 불안한 마음을 가졌을 거다.

히긴스 피커링이요! 말도 안 돼요. 저 애는 프레디랑 결 혼한대요. 하하! 프레디! 프레디라고! 하하하하하!!!!! (연극은 끝이 나고 그는 요란하게 웃고 있다)

---

54 더블 글로스터Double Gloucester는 체다 치즈와 비슷한 치즈이 며 스틸턴Stilton은 푸른곰팡이로 숙성시킨 영국 치즈인데 영국인들이 〈치즈의 왕〉이라 부를 정도로 가장 좋아하는 치즈이다. 두 치즈는 맛이 매우 다르다. 일라이자는 여기서 히긴스가 두 치즈를 구별하지 못하는 것처럼 인간관계에도 둔감하다는 것을 암시하고 있다.

후일담

나머지 이야기는 액션으로 보일 필요가 없는 것이고, 정말이지 말로 할 필요조차 없는 것이다. 모든 이야기에 어울리는 것이 아닌 〈해피 엔드〉를 비축하고 있는 로맨스 소설이라는 골동품 가게의 기성복들과 헌 옷들에 안일하게 의지해서 우리의 상상력이 약해져 있는 게 아니라면 말이다. 자, 일라이자 둘리틀의 이야기는, 극 중의 변화가 매우 일어나기 힘든 것처럼 보이기 때문에 로맨스라고 부르기는 하지만, 사실 흔한 일이다. 그런 변모는 넬 귄[55]이 자신이 오렌지를 팔던 극장에서 여왕을 연기하고, 왕들을 매혹시킴으로써 선례를 만든 이래로, 수백 명의 야심찬 젊은 여자들이 이루어 왔다. 그럼에도 불구하고, 사방팔방에서 사람들이 그녀가 로맨스의 주인공이라는 이유만으로 작품의 남자 주인공과 결혼해

---

55 Nell Gwynne(1650~1687). 극장에서 오렌지를 팔던 가난한 소녀에서 일약 찰스 2세의 후궁이 된 인물.

야 한다고 생각했다. 그건 참을 수 없는 일이다. 왜냐하면 그런 생각 없는 가정에 따라 행동한다면 그녀의 작은 드라마가 망가질 것이기 때문이다. 그뿐 아니라 진짜 후일담은, 일반적으로 인간의 본성을 지닌 사람에게는, 특히 여성적 본능을 가진 사람에게는 명백한 것이기 때문이다.

일라이자는 히긴스가 청혼한다고 해도 결혼하지 않겠다고 말했는데 그것은 애교를 부린 것이 아니었다. 깊이 생각하고 내린 결정을 선언한 것이다. 히긴스가 일라이자에게 한 것처럼 미혼 남자가 미혼 여자에게 관심을 갖고, 군림하고, 가르치고, 중요한 존재가 되었다면 그녀는, 만약 그럴 능력이 있다면, 그 남자의 아내가 되기 위한 행동을 취할 것인지 매우 심각하게 고려할 것이다. 특히 그 남자가 결혼에 대해 전혀 관심이 없어, 단호하고 헌신적인 여성이 결연하게 몰두해야 그를 잡을 수 있다면 말이다. 그녀의 결심은 스스로 자유로운 선택이 가능한가 하는 것에 상당 부분 달려 있는 것이다. 즉 그녀의 나이와 수입에 달려 있다. 그녀가 젊음의 마지막 단계에 있으며 생계에 대한 보장이 없다면, 그녀는 그와 결혼할 것이다. 왜냐하면 그녀를 부양할 사람과 결혼해야만 하기 때문이다. 하지만 일라이자 나이의 아름다운 소녀는 그런 압박을 느끼지 않는다. 그녀는 자유롭게 고르고, 선택할 수 있다. 그러므로 그녀는 이 일에 관해서 본능을 따른다. 일라이자의 본능은 히긴스와 결혼하지 말라는 것이다. 그를 포기하라는 것은 아니다. 그가 그녀의 삶에서 가장 커다란 개인적 관심의 대상으로 남아 있을 것은 의심할 여지가 없다. 그녀를 밀어낼 다른 여자가 있었다면 관계는 매우 긴장되었을 것이다. 하지만 마지막 장면에서 그녀가 그에 대해서 확실히 느꼈듯이, 그녀는 자신의 길에 대해서 어떠한 의심도 없으며, 앞으로도 없을 것이다. 젊은 사람에게는 더 크게 느껴지는 스무 살의 나이 차가 없다고 하더라도 말이다.

그녀가 내린 결론이 우리의 본능에 공감을 주지 않는다면, 어떤 이유를 찾을 수 있을지 살펴보도록 하자. 히긴스의 고질적인 독신자 기질에 대한 단서는 젊은 여자들이 도저히 이길 수 없는 라이벌로 자신의 어머니를 내세우며 여자들에 대한 자신의 무관심을 변명하는 데서 찾을 수 있다. 이 경우는 아주 뛰어난 어머니들이 드문 정도로만 보기 드문 일이다. 상상력이 뛰어난 소년에게 지성과 우아함, 거칠지 않은 위엄을 갖춘, 그리고 집을 아름답게 꾸밀 수 있는 당대 최고의 예술에 대한 세련된 감각을 지닌 부자 어머니가 있다면, 그 어머니는 아들에게 거의 어떤 여자도 대항할 수 없는 기준을 세워주는 것이 된다. 그뿐 아니라 그의 애정, 미적 감각 그리고 이상주의 등도 그에게서 성적 충동을 분리시킨다. 이와 같은 분리는 평범하고 불쾌한 부모의 미적 안목이 없는 가정에서 자란 교양 없는 다수의 사람들에게 그를 영원한 수수께끼로 만들 것이다. 또한 문학, 그림, 조각, 음악 그리고 애정 어린 개인적 관계들이 섹스라는 형태로만 다가오는 사람들에게도 마찬가지다. 열정이라는 단어는 그들에게는 섹스 이외의 다른 의미를 가지고 있지 않다. 히긴스가 음성학에 대한 열정을 지니고 있는 것 그리고 일라이자가 아니라 자기 어머니를 이상화하는 것이 그들에게는 부조리하고 부자연스럽게 보일 것이다. 그렇지만 신붓감이나 남편감을 원하는데도 구할 수 없을 만큼 못생기거나 불쾌한 인상의 사람을 거의 볼 수 없다는 것, 그리고 많은 노처녀, 노총각들이 인품이나 교양에 있어서 평균 이상이라는 것을 보게 되면서, 섹스와 흔히 혼동하는 것들을 섹스로부터 분리해 내는 것, 천재들은 절대적이고 지적인 분석력으로 이루어 내곤 하는 그 분리가 부모의 매력에 의해서 만들어지고 부추겨지는 게 아닌지 의심할 수밖에 없다.

자, 일라이자는 프레디를 첫눈에 굴복시킨 자신의 매력에 강력하게 저항할 수 있는 히긴스의 힘에 대해서 스스로에게 설명하지는 못하지만, 그를 완전히 장악할 수 없으며, 그와 어머니 사이에 끼어들 수 없다는 것을 본능적으로 알고 있었다(결혼한 여자에게는 가장 첫째로 필요한 것인데 말이다). 간단히 말하면, 그녀는 어떤 설명할 수 없는 이유로 인해 히긴스에게는 유부남이 될 소질이 없다는 것을 알고 있었다. 남편에게는 그녀가 가장 가깝고, 사랑스럽고, 따뜻한 관심의 대상이 되어야 한다고 생각했기 때문이다. 어머니라는 라이벌이 없다고 하더라도, 그녀는 자신이 철학 다음의 부차적인 관심의 대상이 되어야 하는 것을 받아들일 수 없었을 것이다. 히긴스에게는, 부인이 죽는다고 하더라도, 밀턴이나 범세계적인 알파벳이 있을 것이다. 위대한 사랑의 힘을 가진 일라이자 같은 사람들에게 사랑은 부차적인 것이라는 랜더[56]의 말 따위는 귀에 들어오지 않을 것이다. 일라이자는 히긴스의 지배적인 우월성에 대해 분노하고, 성질 급하게 괴롭히는 것이 지나치면 그녀를 달래고 분노를 피하기 위해 그녀를 구슬리는 영리함을 불신한다. 그걸 보면 자신의 피그말리온과 결혼하지 말라고 스스로에게 경고하는 일라이자의 본능은 충분한 근거를 가지고 있는 것이다.[57]

그러면 일라이자는 누구와 결혼할 것인가? 히긴스는 숙명적인 노총각이라 쳐도, 일라이자는 확실히 숙명적인 노처녀가 아니니 말이다. 그녀가 제공하는 암시들을

56 Walter Savage Landor(1775~1864). 영국의 시인.

57 피그말리온은 그리스 신화에 나오는 키프로스의 왕으로 아프로디테의 저주로 키프로스의 여자들이 타락하자 여자를 사랑할 수 없게 되었다. 상아로 세상에서 가장 아름다운 여자를 조각하여 갈라테이아 Galatea라고 이름을 붙이고 그 조각을 사랑하게 된 그는 아프로디테에게 그 조각과 같이 아름다운 여인과 결혼하게 해달라고 기원하여 결국 소원을 이루게 된다.

통해서 그 사실을 쉽게 알 수 있다.

히긴스와 결혼하지 않겠다는 결심을 심사숙고 후에 힘들게 선언하자마자, 일라이자는 프레더릭 아인스포드 힐이 그녀에게 매일 편지로 사랑을 쏟아붓고 있다는 사실을 언급했다. 프레디는 젊다. 실제로 히긴스보다 스무 살이나 어리다. 그는 신사이며(또한 일라이자가 말했듯이 멋쟁이이다), 신사답게 말한다. 그는 옷을 멋있게 입고, 대령에게 동등한 대접을 받으며, 일라이자를 꾸밈없이 사랑하며, 그녀의 주인 노릇을 하려 하지 않고, 사회적 지위가 우월함에도 그녀를 지배하려 들지 않는다. 괴롭힘을 당하고, 구타를 당하는 것은 아니더라도 어쨌든 여자는 지배받는 것을 좋아한다는 어리석은 낭만적 전통을 일라이자는 참을 수 없다. 〈여자에게 갈 때는 채찍을 가지고 가라〉라고 니체는 말했다. 현명한 독재자들은 이 경고의 말을 여자에게만 국한시키지 않는다. 그들은 남자를 다룰 때도 채찍을 가지고 갔다. 그리고 그들은 매를 맞은 여성들보다 남성들에 의해서 비굴하게도 더 이상화되었다. 의심할 여지 없이 비굴한 남성뿐 아니라 비굴한 여성들도 있다. 여성들도 남성들처럼 자신보다 강한 사람을 숭배한다. 하지만 강한 사람을 숭배하는 것과 강한 사람의 지배 아래 사는 것은 다른 문제다. 약한 자는 숭배되거나 영웅으로 추앙받지 않을 것이다. 하지만 그들은 미움을 받거나 배척당하지도 않는다. 그리고 그들은 자기들보다 지나치게 우월한 사람과는 절대로 결혼하지 않는 듯하다. 그들은 긴급 상황에서는 실패할 것이다. 하지만 인생은 긴급 상황이 아니다. 대체로 인생은 예외적인 힘을 필요로 하지 않는 상황의 연속인 것이다. 그리고 그들을 도와줄 강한 파트너가 있다면, 약한 사람들도 대처할 수 있다. 따라서 남자건 여자건 강한 사람은 더 강한 사람과 결혼하지 않을 뿐 아니라 친구를 선택함에 있어서도 강한 사람을 선호하지 않는 것이 사실이다. 사자가 더 크게 포효하는 다른 사자를 만났을 때 〈첫 번째 사자는 나중에 나타난 사자를 귀찮은 존재로 생각한다〉. 남자건 여자건 간에 둘을 위해서 자신이 충분히 강하다고 생각한다면, 파트너에게서 힘보다는 다른 재능을 찾는다.

반대의 경우 또한 사실이다. 약한 사람들은 자기들을 너무 무섭게 하지 않는 한 강한 사람과 결혼하기를 원한다. 이것은 종종 그들을 우리가 은유적으로 〈씹을 수 있는 것보다 더 많이 물었다〉고 하는 실수로 인도한다. 그들은 너무 적은 것에서 너무 많은 것을 원한다. 그리고 거래가 견딜 수 없을 만큼 터무니없을 때는 그 결합이 불가능해진다. 약한 쪽은 버림을 받거나, 더 나쁜 경우에는 십자가를 져야만 한다. 약할 뿐만 아니라 어리석고 둔하기도 한 이들은 종종 이런 어려움을 겪게 된다.

이런 것이 인간사인데, 일라이자가 프레디와 히긴스

사이에 놓이게 된다면, 그녀는 어떻게 할 것인가? 평생 동안 히긴스의 슬리퍼를 가져다주는 생활을 고대할 것인가? 아니면 프레디가 그녀의 슬리퍼를 가져다주기를 바랄 것인가? 답에 대해서는 의심할 것도 없다. 프레디가 생물학적으로 그녀에게 혐오감을 주지 않고, 히긴스가 그녀의 다른 본능을 압도할 정도로 생물학적으로 매력적인 게 아니라면, 그리고 그녀가 둘 중의 하나와 결혼을 할 거라면, 프레디와 할 것이다.

그리고 그게 바로 일라이자가 한 일이다.

복잡한 일들이 뒤따랐다. 그것은 낭만적인 것이 아니라 경제적인 것이었다. 프레디는 돈도 없고 직업도 없었다. 그의 어머니가 받는 과부 급여[58]는 라지레이디 파크의 풍요로웠던 시절의 마지막 흔적이라고 할 수 있는데, 그것으로 얼스코트에서 신분을 유지하며 겨우 살 수 있었지만, 자녀들에게 중요한 중등 교육을 시키거나 아들에게 직업을 구해 주지는 못했다. 일주일에 30실링을 받는 사무원 자리는 프레디의 품격에 미치지 못할뿐더러 극단적으로 혐오스러운 것이었다. 그의 기대는 체면을 유지하고 있으면 누군가가 그를 위해 어떻게든 해줄 거라는 것이었다. 그의 상상 속에 개인 비서라든지 어떤 한가한 목사 자리 같은 것이 희미하게 떠올랐다. 그의 어

58 미망인이 죽은 남편의 자산에서 나오는 수입을 유지할 수 있게 해주는 법적 장치.

머니에게는 아마도 아들의 매력을 거부할 수 없는 어떤 돈 많은 여자와의 결혼이 떠올랐을 것이다. 아들이 이제는 소문이 나버린 특이한 상황 덕에 신분이 상승한 꽃 파는 소녀와 결혼했을 때 그녀의 기분을 상상해 보라!

하지만 일라이자의 상황이 전적으로 부적격해 보이는 것은 아니다. 그녀의 아버지는, 전에는 청소부였지만 이제는 멋지게 신분 상승을 이뤄 냈다. 그리고 모든 편견과 모든 약점들을 이겨 낼 수 있는 사회적 능력 덕분에 가장 세련된 사회에서 매우 큰 인기를 모으게 되었다. 자신이 혐오하는 중산층에게는 배척당했지만 그는 자신의 재치와 청소부다움(이것을 그는 깃발처럼 가지고 다녔다) 그리고 선과 악에 대한 니체적인 초월성을 가지고 단번에 상류층으로 뛰어 들어갔다. 사적인 공작의 만찬에서 그는 공작 부인의 바로 오른편에 앉았다. 그리고 시골 별장에서는 식당에서 대접을 받거나 장관들에게 자문을 받고 있을 때가 아니어도 식품 저장실에서 담배를 피우고, 집사에게 대접을 받았다. 하지만 그는 1년에 4천 파운드로 이 모든 것을 해나가는 것이 아인스포드 힐 부인이 정확하게 그 액수를 밝힐 마음은 없지만 훨씬 적은 수입으로 얼스코트에서 살아가는 것만큼이나 힘들다는 것을 알게 되었다. 그는 자신의 짐에 일라이자를 부양하는 마지막 짐을 더하는 것을 단호히 거부했다.

그래서 프레디와 일라이자는, 이제 아인스포드 힐 부

부가 되었지만, 대령이 일라이자에게 준 5백 파운드가 아니었다면 무일푼의 신혼 생활을 보내야 했을 것이다. 쓸 돈을 가져 본 적이 없던 프레디는 돈을 어떻게 써야 하는지도 몰랐고, 일라이자는 노총각들에게 사회적 훈련을 받은 터라 옷을 입는 것에 있어서도 찢어지지 않고 아름답게 보이는 한 유행에 뒤진다는 생각이 없었기 때문에 돈은 오랫동안 남아 있었다. 그래도 5백 파운드가 두 사람에게 영원히 남아 있을 수 있는 돈은 아니다. 둘 다 그것을 알고 있었으며, 일라이자는 결국 그들 스스로 해나가야 한다는 것을 느끼고 있었다. 그녀는 윔폴 거리가 자신의 집이 되었기 때문에 그곳에 머무를 수 있었다. 하지만 그녀는 프레디가 거기 있을 수는 없다는 것을 알고 있었다. 그리고 프레디를 머물게 하는 건 그의 인격에도 좋지 않다는 것 또한 알고 있었다.

윔폴 거리의 독신 남성들이 반대했기 때문은 아니었다. 그녀가 그들에게 그 문제에 대해 이야기했을 때, 히긴스는 해결 방안이 너무 간단한데도 주택 문제로 신경 쓰는 것을 원치 않았다. 일라이자가 프레디를 집에 들이는 것은 그녀가 침실에 가구를 더 들이는 것처럼 대수롭지 않은 일이었다. 히긴스는 프레디의 인격에 대한 문제나 스스로 밥벌이를 해야 한다는 그가 지닌 도덕적 의무 같은 것에는 괘념하지 않았다. 그는 프레디가 인격을 가지고 있다는 것을 부인했으며, 프레디가 무언가

유용한 일을 하려고 한다면 다른 유능한 사람이 그 일을 다시 돌려놓는 수고를 해야 할 것이라고 주장했다. 그리고 그 과정은 공동체에 손실을 주며, 프레디 자신에게도 큰 불행이라는 것이었다. 프레디는 천성적으로 일라이자를 즐겁게 하는 것 같은 가벼운 일이나 하게 되어 있으며, 그 일이 도시에서 일하는 것보다 훨씬 유용하고 명예로운 일이라고 히긴스는 주장했다. 일라이자가 음성학을 가르치려는 계획을 다시 언급하자, 히긴스는 격렬한 반대를 조금도 누그러뜨리지 않았다. 히긴스는 그녀가 10년 안에는 자기가 아끼는 학문을 건드릴 자격이 없다고 말했다. 그리고 대령도 그의 견해에 동의하는 것이 분명했기에, 그녀는 그런 중요한 문제에 있어서 그 사람들에게 반대하고 싶지 않았다. 그리고 히긴스가 동의하지 않는 한, 그녀에게는 그가 자신에게 준 지식을 이용할 권리가 없다고 느꼈다. 왜냐하면 그의 지식은 시계처럼 그의 사적인 재산으로 비춰졌기 때문이다. 일라이자는 공산주의자가 아니었다. 더군다나 그녀는 결혼하기 전보다 결혼하고 나서 더 전적으로, 그리고 더 솔직하게, 그 두 사람에게 미신을 믿듯이 헌신하고 있었다.

이 문제를 마침내 해결한 사람은 대령이었다. 그것은 대령에게도 골치 아픈 문제였다. 그는 어느 날 일라이자에게, 거의 수줍어하면서, 꽃집을 할 생각은 포기했느냐고 물었다. 그녀는 생각해 보긴 했지만, 히긴스 부인의 집에서 대령이 그건 안 될 거라고 했기 때문에 머리에서 지워 버렸다고 대답했다. 대령은 자신이 그 말을 했을 때는 그 전날의 놀라운 감동에서 채 벗어나지 못한 상황이었다고 고백했다. 그들은 그날 저녁 이 일을 히긴스에게 털어놓았다. 히긴스가 내놓은 의견은 일라이자와의 심각한 다툼으로 이어졌다. 그의 의견은 일라이자가 프레디를 이상적인 심부름꾼으로 만들려고 한다는 것이었다.

그다음으로 이 문제에 대해 들은 사람은 프레디였다. 그는 자신도 가게를 하는 걸 생각해 보았다고 말했다. 비록 돈이 한 푼도 없었기 때문에, 일라이자는 한쪽 구석에서 담배를 팔고 자신은 반대편에서 신문을 파는 조그만 곳을 상상했지만 말이다. 하지만 그는 아침마다 일라이자와 코번트 가든으로 가서 그들이 처음 만난 곳에서 꽃을 사는 것은 대단히 즐거운 일이라는 것에 동의했다. 이런 감성으로 그는 아내에게서 많은 키스를 얻어냈다. 그는 이런 종류의 제안을 하는 것이 두려웠다고 덧붙였다. 왜냐하면 클라라가 자신의 결혼 기회에 해를 끼칠 이 행보에 대해서 대단히 난리를 부릴 것이며, 어머니는 장사가 불가능한 사회 계급에 너무 오랫동안 매달려 있었기 때문에 그것을 좋아하리라 기대할 수 없기 때문이다.

이 난관은 프레디의 어머니가 전혀 예상치 못했던 사

건에 의해 해소되었다. 클라라는, 그녀가 다다를 수 있는 가장 높은 단계의 예술 모임에 참여해 가는 과정에서, 대화를 나눌 수 있는 자격 조건에 H. G. 웰스[59]의 소설에 대한 기초 지식이 포함된다는 것을 알게 되었다. 그녀는 여기저기서 책을 빌려 열정적으로 읽더니 두 달 만에 모두 독파해 버렸다. 결과는 요즘 세상에 매우 흔한 종류의 전향이었다. 누군가 쓸 수만 있었다면 현대판 사도행전[60]이 성서 50권은 채웠을 것이다.

불쌍한 클라라는 히긴스와 히긴스 부인에게는 불쾌하고 우스꽝스러운 사람으로, 자기 어머니에게는 설명할 수는 없지만 사회적 실패자로 보였지만, 자기 자신은 결코 스스로를 그렇게 보지 않았다. 웨스트켄싱턴에 사는 다른 모든 사람들처럼 어느 정도는 놀림을 당하고, 흉내 내는 대상이 되기도 했지만, 그녀는 이성적이고 정상적인 (혹은 납득할 수 있는) 인간으로 받아들여졌다. 심해 봤자, 〈나서는 사람〉으로 불렸지만 그녀 자신뿐 아니라 다른 사람들도 그녀가 엉뚱한 것을 밀어붙인다거나, 잘못된 방향으로 애를 쓰고 있다고 생각하지는 않았다. 그래도 여전히 그녀는 행복하지 않았다. 그녀는 점

59 H. G. Wells(1866~1946). 당대 가장 인기 있던 영국 작가 중 하나로 SF에서 코미디, 세계 역사에 이르기까지 다양한 서적을 집필했다. 그는 사회 정의와 유토피아적인 이상에 대한 관심을 갖고 있었는데 이로 인해 쇼와 같은 지적 계열로 분류되곤 한다.

60 예수 사후 이어진 개종의 사례들을 기록한 것.

점 더 절망을 느꼈다. 그녀의 유일한 자산인, 그녀의 어머니가 엡슨의 채소상들에게 귀부인으로 불린다는 사실은 아무 가치도 없는 것이었다. 그것은 클라라가 제대로 교육받을 수 있게 하지도 못했다. 그녀가 받을 수 있었던 교육은 얼스코트의 채소상 딸과 함께 받은 게 전부였다. 그것은 그녀로 하여금 어머니가 속한 계급 사회를 추구하게 했지만, 그 계급은 순순히 그녀를 받아들이려 하지 않았다. 왜냐하면 그녀는 채소상보다 훨씬 가난했고, 개인 하녀나 가정부를 둘 여유도 없었기 때문이다. 그리고 천대받는 허드레 일꾼과 더불어 그저 집에서 근근이 살아가야 했기 때문이다. 그런 상황에서 어떤 것도 그녀에게 진정한 라지레이디 파크 출신이라는 분위기를 풍기게 하지 못했다. 그렇지만 전통은 그녀로 하여금 자기 손에 닿는 사람과 결혼하는 것은 참을 수 없는 수치로 여기게 만들었다. 장사하는 사람이나 대단치 않은 전문직 종사자는 그녀의 비위에 맞지 않았다. 그녀는 화가나 소설가를 쫓아다녔다. 하지만 그들에게 그녀는 매력이 없었다. 예술적이고 문학적인 대화를 하려는 그녀의 대담한 시도는 그들을 짜증 나게 했다. 간단히 말해서, 그녀는 완전히 실패작이었다. 무지하고, 능력도 없으면서 잘난 척하고, 환영받지 못하며, 돈 한 푼 없고, 쓸모도 없는 작은 속물인 것이다. 그녀는 이런 결격 사유를 인정하지는 않지만(왜냐면 누구도 이런 종류의 불쾌한 진실을, 벗어날 수 있는 가능성이 다가오기까지는 받아들이려 하지 않기 때문이다) 그 영향들을 너무나 예민하게 느끼고 있어서 자신의 처지에 만족할 수는 없었다.

클라라의 열정은 자신을 놀라게 하고, 자신의 모델로 삼고 우정을 얻고자 하는 강한 욕망을 불러일으키는 동갑내기 여자에 의해서 갑자기 깨어나게 되었다. 그리고 그 우아한 존재가 몇 달 만에 시궁창에서 벗어났다는 것을 알게 되고는, 그녀는 두 눈이 휘둥그레졌다. 이 일은 그녀를 너무나 격렬하게 흔들어 놓았다. 따라서 H. G. 웰스가 그녀를 자신의 강력한 펜 위에 올려놓고, 그녀에게 자신이 살아온 삶과 집착했던 사회가 진정한 인간의 요구와 가치 있는 사회 구조와의 실제 관계 속에서 어떤 모습을 갖는지에 대한 시각을 제공하자, 클라라는 부스 장군과 집시 스미스의 가장 요란한 위업에 필적할 만한 죄에 대한 각성을 일으켰다.[61] 클라라의 속물근성은 순식간에 사라져 버렸다. 인생이 갑자기 그녀와 더불어 움직이기 시작했다. 어떻게 또는 왜인지도 모르면서, 그녀는 친구와 적을 만들어 갔다. 클라라를 따분하거나, 무관심하거나 또는 우스꽝스러운 고통으로 여겼던 몇몇 지인들은 그녀를 버렸다. 하지만 그 외의 사람과는 진정

61 부스 장군General Booth(1829~1912)은 1878년 구세군을 창립한 인물이며 집시 스미스Gipsy Smith(1860~1947)는 집시 출신으로 구세군의 복음 전도자가 되었다. 쇼의 대표 희곡인 「바버라 소령Major Barbara」의 주인공은 구세군의 지휘관이다.

으로 다정스러운 사이가 되었다. 놀랍게도, 그녀는 일부
〈아주 멋진〉 사람들이 웰스에 흠뻑 빠져 있다는 것과 그
사상에 근접하는 것이 그들의 훌륭함의 비밀이라는 것
을 알게 되었다. 그녀가 신앙심이 깊다고 생각했던 사람
들, 그리고 환심을 사려고 노력했지만 실패했던 사람들
은 갑자기 그녀에게 관심을 갖기 시작했는데, 그들은 전
통적인 종교에 대한 적대감을 드러냈다. 그 적대감은 가
장 절망적인 인물들을 제외하고는 결코 가능하지 않을
거라고 그녀가 생각했던 것이었다. 그들은 그녀에게 골
즈워디[62]를 읽게 만들었고, 골즈워디는 라지레이디 파크
의 허영을 드러내 보여 주었으며, 그녀의 교육을 마무리
했다. 그녀가 오랫동안 불행한 세월을 보냈던 감옥이 항
상 열려 있었다는 사실과 그녀가 조심스럽게 갈등하면
서 사회와 잘 어울리기 위해 억눌렀던 충동들이야말로
그녀로 하여금 진지한 인간관계 속에 들어갈 수 있게 해
주는 유일한 것이었다는 것이 그녀를 약 오르게 했다.
이런 발견의 광채 속에, 그 발견에 대한 반동의 소란 속
에서 그녀는 자유롭게 그리고 두드러지게 자신을 바보
로 만들었다. 히긴스 부인의 거실에서 일라이자의 욕설
을 성급하게 받아들일 때처럼 말이다. 왜냐하면 이 새로
태어난 웰스 추종자는 아기가 그러하듯 우스꽝스럽게

62 John Galsworthy(1867~1933). 중산층의 삶을 비판한 영국의 인
기 작가.

자신의 인생 진로를 찾아야 했기 때문이다. 하지만 누구도 어리석다고 해서 아기를 미워하지 않으며, 성냥을 먹으려고 한다고 해서 나쁘게 생각하지 않는다. 클라라는 어리석다는 이유로는 어떤 친구도 잃지 않았다. 그들은 이번에는 면전에서 그녀를 비웃었다. 그리고 그녀는 최선을 다해서 자신을 변호하고 저항해야만 했다.

프레디가 일라이자와 함께 가게를 열어 라지레이디의 이름을 더럽힐 것이라는 우울한 소식을 가지고 얼스코트를 방문했을 때(그는 피할 수만 있으면 하지 않으려고 했다) 그는 클라라가 도버 거리에 있는, 역시 웰스를 좋아하는 친구가 시작한 오래된 가구점에서 일하겠다고 선언함으로써 그의 작은 집이 이미 난리가 난 상태라는 것을 알았다. 결국 이 자리도 클라라의 오래된 밀어붙이기식의 성취 덕분에 얻어진 것이었다. 그녀는 어떤 값을 치루더라도 직접 웰스를 만나겠다고 결심했다. 그리고 가든파티에서 그 목적을 이루었다. 무모한 시도치고는 운이 좋았다. 웰스는 그녀의 기대를 채워 주었다. 〈나이가 그를 시들게 하지 않았고, 관습이 그의 무궁무진한 다양성을 30분 이내에 사라지게 할 수도 없었다.〉[63] 그의 기분 좋은 깔끔함과 아담함, 그의 작은 손과

---

63 원문은 〈*Age had not withered him, nor could custom stale his infinite variety in half an hour*〉인데 이 문장은 셰익스피어의 「안토니와 클레오파트라Anthony and Cleopatra」 2막 2장에서 에노바버스 Enobarbus가 클레오파트라를 묘사하는 대사를 따온 것이다.

발, 그의 충만한 두뇌와, 그의 꾸밈없는 친근함, 머리 꼭대기부터 발끝까지 분명하게 드러나는 훌륭한 지각 능력 같은 것은 거부할 수 없이 매력적임이 증명되었다. 클라라는 그 후로 몇 주 동안 그에 대한 이야기 외에 다른 말은 하지 않았다. 그리고 가구점을 하고 있는 숙녀와 우연히 이야기를 하게 되었는데, 그 여자는 무엇보다도 웰스를 알고 싶어 했고, 그에게 아름다운 것들을 팔고 싶어 했다. 그녀는 클라라를 통해 그 목적을 달성하기 위해서 클라라에게 일자리를 제의했다.

그래서 일라이자의 행운은 열리게 되었고, 예상했던 꽃집에 대한 반대는 사라졌다. 가게는 빅토리아 앨버트 미술관[64]에서 그리 멀지 않은 기차역의 상가에 있다. 당신이 그 근처에 산다면 언제고 그곳에 가 일라이자에게서 단춧구멍에 꽂을 꽃을 살 수 있을 것이다.

이제 여기 로맨스가 되기 위한 마지막 기회가 있다. 일라이자의 매력과 코번트 가든에서의 그녀의 장사 경험 덕에 가게가 대단한 성공을 이루었을 것이라고 확신하고 싶지 않은가? 아아, 슬프도다! 하지만 사실이긴 사실이다. 상점은 오랫동안 이익을 내지 못했다. 이유는 간단하다. 일라이자와 프레디가 가게를 어떻게 유지해야 할지 몰랐기 때문이다. 사실 일라이자가 아무것도 모

---

64 빅토리아 여왕과 부군 앨버트 공의 이름을 딴 왕립 미술관으로 런던 사우스켄싱턴에 있으며 1852년 개관하였다.

르는 상태에서 일을 시작한 것은 아니다. 그녀는 싸구려 꽃들의 이름과 가격을 알았다. 프레디가 질이 떨어지는 데다가 형식적이고 완전히 비효율적인 학교에서나마 교육을 받은 모든 젊은이들처럼, 라틴어를 조금 안다는 것을 일리아자가 알게 되자 그녀의 우쭐댐은 끝이 없었다. 그건 사실 아무것도 아니었지만 그녀에게는 그가 포슨이나 벤틀리[65]로 보였고, 식물에 대한 학명쯤은 쉽게 붙일 수 있는 사람으로 생각되었다. 하지만 그는 불행하게도 다른 것은 아무것도 몰랐다. 그리고 일라이자는 돈을 18실링까지는 셀 줄 알았고, 히긴스의 내기를 이길 수 있게 하려고 노력할 때 밀턴의 언어에 얼마 정도 익숙해지기는 했지만, 그녀가 장부 관리를 한다는 것은 그 가게를 완전히 망치는 것이라고 봐도 무방했다. 발부스가 담을 쌓았고, 갈리아가 세 부분으로 나뉘어 있다는 말을 라틴어로 할 수 있는 프레디의 능력은 회계나 사업에 대한 지식과는 아무 관계가 없었다.[66] 피커링 대령은 그에게 수표책과 은행 계좌가 무엇인지 알려 주어야 했다. 그런데 이 부부는 쉽게 배우지 못했다. 일라이자는

65 리처드 포슨Richard Porson(1759~1808)과 리처드 벤틀리Richard Bentley(1662~1742)는 저명한 고전 그리스 문학의 대가들이다.

66 〈발부스가 담을 쌓았고……〉라는 문장은 당시 라틴어 교재에 있던 전형적인 문장이다. 발부스는 옥타비아누스 황제 치하의 집정관이며, 〈갈리아가 나뉘어 있다〉라는 것은 카이사르의 『갈리아 전쟁』의 서두이다.

어느 정도 사업에 대해 지식이 있는 회계원을 고용하면 돈을 절약할 수 있을 거라는 제안을 완강하게 거부했으며, 프레디는 그녀를 지지했다. 지금도 수지를 맞출 수 없는데 어떻게 추가 경비를 더 들이면서 돈을 벌 수 있겠느냐고 그들은 주장했다. 하지만 대령은 몇 번이나 그들의 적자를 갚아 준 후에 마침내, 조심스럽게 주장했던 것이었다. 일라이자는 대령에게 너무 자주 도움을 청해야만 한다는 것에 수치심을 느끼고, 프레디가 무엇에든 성공한다는 것은 결코 질리지 않는 농담이라고 생각하는 히긴스의 요란한 조롱에 자극을 받아서, 사업도 음성학처럼 배워야 한다는 사실을 인정하게 되었다.

초등학교 출신의 어린 남녀 점원들과 함께 부기와 타자를 배우며, 속기 학교와 기술 학교 교실에서 저녁 시간을 보내고 있는 부부의 한심한 광경에 대해서는 더 이상 설명하지 않겠다. 런던 경제 대학에서의 수업도 있었다. 그리고 그 학교의 교장에게 꽃 사업과 관련된 과목을 추천해 달라고 겸손하게 개인적인 부탁을 하기도 했다. 유머 감각이 있던 그 교장은 중국에 대한 글과 형이상학에 대한 글을 읽고 나서 그 두 정보를 결합한 어떤 신사가 쓴, 중국 형이상학에 대한 유명한 디킨스류의 에세이와 같은 방법론을 그들에게 설명해 주었다.[67] 그는

67 찰스 디킨스Charles Dickens(1812~1870)가 쓴 『피크윅 클럽의 유문록The Pickwick Papers』의 51장에 나오는 에피소드를 말하고 있다.

그들도 런던 대학과 큐 식물원을 결합시켜야 할 거라고 제안했다.[68] 그 디킨스적인 신사의 절차가 완전히 옳으며(실제로 그랬다) 전혀 우습지 않다고(그것은 그녀의 무지 때문이다) 생각한 일라이자는 그 충고를 아주 진지하게 받아들였다. 하지만 그녀에게 가장 수치심을 주었던 것은 히긴스에게 글자를 아름답게 쓰는 법을 가르쳐 달라고 부탁하는 일이었다. 히긴스의 특별한 예술적 취미는 밀턴의 시 다음으로는 글씨 쓰기였는데, 이탈리아어를 가장 아름답게 썼다. 그는 일리이자가 선천적으로 밀턴의 글에 조금이라도 어울릴 만한 글씨를 한 자도 쓰지 못할 것이라고 주장했다. 하지만 그녀는 고집을 부렸다. 그리고 또다시 히긴스는 폭풍 같은 격렬함과, 끝없는 인내 그리고 때때로 미와 고귀함, 인간의 필체에 대한 존경할 만한 사명과 운명에 대한 흥미 있는 설명을 혼합해 가면서 그녀를 가르치는 일에 빠져들었다. 일라이자는 그녀의 개인적인 아름다움이 확실히 들어간 극히 비상업적인 필체를 획득하게 되었다. 하지만 종이의 특정한 질과 모양이 그녀에게는 필수적인 것이었기 때문에 문방구에서 다른 사람의 세 배만큼의 시간을 쓰게 되었다. 그녀는 심지어 보통의 방식으로는 봉투에 주소

68 런던 대학은 1895년에 설립된 런던 정경 대학을, 큐 식물원은 런던의 서쪽에 있는 큐에 위치한 왕립 식물원을 말한다. 교장의 말은 런던 대학에서 사업을 배우고, 큐 식물원에서 식물에 대해 배운 후, 그 지식을 결합한다면 꽃집 주인으로 성공할 수 있을 거라는 것이다.

도 쓸 수 없었다. 여백이 전부 달라지기 때문이다.

상업 학교 시절은 젊은 부부에게는 수치와 절망의 시기였다. 그들은 화훼 사업에 대해서는 아무것도 배우지 못한 듯했다. 결국 어떤 희망도 볼 수 없던 그들은 공부를 포기하고 속기 책과 기술 전문학교 그리고 런던 경제 대학의 먼지를 영원히 발에서 털어 버렸다. 그런데 사업이 아주 신기하게도 저절로 잘되어 가기 시작했다. 그들은 다른 사람들을 고용하는 것에 대한 이야기가 나왔었다는 사실조차 잊어버렸다. 그들은 자신들의 방식이 최고이며 자신들이 사업에 놀라운 재능을 지니고 있다는 결론에 도달했다. 수년간 그들의 손실액을 메워 주기 위해서 은행 당좌 계정에 상당한 돈을 맡겨 두어야만 했던 대령은 이제 그것이 불필요하다는 것을 알게 되었다. 젊은 부부는 번성하고 있었다. 그들과 사업의 경쟁자들 사이에 공정하지 않은 점이 있었던 것도 사실이다. 시골에서 보내는 주말은 어떤 비용도 들지 않았으며, 일요일 저녁 만찬 비용도 절약되었다. 왜냐하면 자동차는 대령의 것이었고 그와 히긴스가 호텔비를 내주었기 때문이다. 꽃 장수이자 야채 장수인 F. 힐 씨는(그들은 곧 아스파라거스가 돈이 된다는 것을 발견했으며 아스파라거스는 다른 야채로 이어졌다) 사업이 꽤나 멋진 것이라고 여기게 되었다. 그런데 사적인 곳에서는 여전히 귀족인 프레더릭 아인스포드 힐이었다. 전혀 허세를 부리는 것이 아니었다. 일라이자를 제외하고는 누구도 그가 프레더릭 챌로너라는 이름으로 세례를 받은 것을 알지 못했다. 일라이자는 자신이 뭐라도 된 듯이 뽐내고 다녔다.

그게 전부다. 그게 이 이야기의 결론이다. 일라이자가 가게와 자신의 가족이 있음에도 불구하고, 여전히 윔폴 거리의 가사에 많이 관여하고 있다는 것은 놀라운 일이다. 비록 그녀는 남편을 들볶지 않고, 자신이 마치 대령이 가장 사랑하는 딸인 것처럼 그를 있는 그대로 사랑했지만, 히긴스를 들볶는 습관, 히긴스의 내기를 이기게 해주었던 그 운명적인 밤에 형성된 그 습관을 버리지는 못했다는 것은 주목할 만한 일이다. 그녀는 아주 작은 자극에도, 또는 아무것도 아닌 일에도 그에게 딱딱거리며 대들었다. 그는 더 이상 프레디의 정신 상태가 자신보다 심하게 열등하다는 식으로 그녀를 놀리지 못했다. 그는 고함을 지르고, 협박하고, 비웃었다. 하지만 그녀가 그에게 너무 무자비하게 대드는 바람에 때때로 대령은 그녀에게 히긴스에게 좀 친절하게 대하라고 부탁해야만 했다. 그의 유일한 요구는 그녀에게로 하여금 고집스러운 표정만 짓게 할 뿐이었다. 모든 좋고 싫음을 무너뜨리고, 그들을 공통의 인간성으로 되돌려 놓을 수 있을 만큼 대단한 어떤 위기나 재난만이(부디 그들에게 그런 시련이 없기를!) 이것을 바꿀 수 있을 것이다. 아버지가 그녀를 필요로 하지 않듯이 히긴스가 자신을 필요로 하지 않는다는 것을 그녀는 알고 있다. 그날 밤 히긴스가 일라이자에게 그녀를 곁에 두는 것에 익숙해져 있고 온 갖 종류의 자잘한 봉사에 의존하고 있으며, 그녀가 가버 린다면 그리워하게 될 거라고 말했을 때 보여 준 용의주 도한 태도는(프레디나 대령은 결코 그런 말을 하지 않았 다), 그녀로 하여금 자신이 〈그에게는 슬리퍼만도 못하 다〉는 내적 확신을 더 깊게 할 뿐이었다. 하지만 그녀는 그의 무관심이 보통 사람들이 사랑에 빠지는 정도보다 훨씬 깊다는 것을 감지했다. 그녀는 그에게 대단한 관심 을 가지고 있었다. 그녀는 그를 모든 구속과 고려해야 할 어느 누구도 없는 무인도에 홀로 데리고 가서, 그가 서 있는 받침대에서 끌어내려 보통 사람처럼 섹스를 하 는 것을 보고 싶다는, 비밀스럽고 짓궂은 생각도 했다. 우리 모두는 그런 종류의 개인적인 상상을 가지고 있다. 하지만 그것이 사업의 문제가 되고 꿈과 환상 속에서의 삶과 구별되는, 자신이 실제로 이끌고 있는 생활이 된다 면, 그녀는 프레디를 좋아하고 대령을 좋아한다. 히긴스 와 둘리틀 씨는 좋아하지 않는다. 갈라테이아는 결코 피 그말리온을 좋아하지 않는다. 그녀와 그의 관계는 너무 신성해서, 전적으로 좋기만 할 수는 없기 때문이다.

「피그말리온」과 조지 버나드 쇼

조지 버나드 쇼는 아일랜드의 더블린에서 출생했다. 부친인 조지 카르 쇼George Carr Shaw(1814~1885)는 곡물 장사를 했지만 성공하지 못했으며, 성악가였던 아내 루신다 엘리자베스 쇼Lucinda Elizabeth Shaw (1830~1913)와도 관계가 원만하지 못했다. 결국 모친은 쇼가 열여섯 살 때, 남편을 버리고 자신의 음악 선생을 따라서 런던으로 떠났고, 쇼도 몇 년 후 런던으로 이주했다. 쇼의 정규 교육은 15세에 끝이 났지만, 그는 아일랜드에서는 국립 미술관, 런던에 와서는 대영 박물관 등을 드나들며 예술에 대한 소양을 키우고, 독학으로 당대의 지성을 일구어 냈다. 그는 뛰어난 예술적 안목으로 음악, 미술, 연극 비평을 썼으며, 사회주의 단체인 페이비언 협회와 런던 정경대학교 설립에 관여하기도 했다. 하지만 쇼를 세상에 알린 것은 그의 희곡이었다. 소설에서는 실패했지만 쇼는 희곡에서 큰 성공을 거두었다. 1885년, 「홀아비의 집Widowers' Houses」을 시작으로, 세상을 뜨기 1년 전인 1949년 인형극 「셰익스대 셔브Shakes versus Shav」까지 60여 편의 희곡을 발표했다.

그의 희곡은 당대 영국의 정치, 경제, 사회, 종교, 문화, 언어 등 각 분야의 문제점들을 신랄하게 풍자, 비판하는 사회문제극이 주를 이루었다. 노르웨이의 극작가 입센을 존경했던 쇼는 19세기 영국 무대를 점령하고 있던 감상적인 멜로드라마를 배척하고, 극장을 사회 문제를 정면으로 다루는 토론의 장으로 만들었다. 그는 당대 최고의 희극 작가인 오스카 와일드에 버금가는 뛰어난 위트와 유머 감각도 잃지 않았다. 메시지 전달을 위해서 첨부한 장문의 서문과 후일담 그리고 현학적인 대사들 때문에 현대 독자와 관객이 다가가기 어렵다는 비판을 받기도 했지만 그가 현대의 정치극, 이념극의 배아와 발전에 결정적인 영향을 끼쳤다는 것은 의심할 여지가 없다.

그의 희곡 중 가장 유명하고, 자주 공연되는 것이 바로 「피그말리온Pygmalion」이다. 이 작품은 1913년 빈에서 초연되었으며, 런던에서는 1914년에 처음 공연되었다. 이 작품은 오랜 구상 기간을 거쳤다. 작품이 발표되기 16년 전인 1897년에 벌써 쇼는 여배우 엘렌 테리Ellen Terry에게 보낸 편지에서 작업 중이던 클레오파트라와 카이사르에 대한 관심은 사라지고, 타조 깃털 모자를 쓰고, 오렌지 세 개를 들고 있는 이스트엔드의 소녀와 웨스트엔드의 신사 이야기를 구상하고 있다고 밝혔다. 작품을 구상하면서 그의 관심을 끌었던 여배우는 런던 초연 때 일라이자를 연기한 패트릭 캠벨Patrick Campbell이다. 쇼는 무대에서 캠벨의 발음이 자연스럽지 못한 것을 발견하고, 이 작품을 그녀에게 하나의 도전으로 제시했다. 당시 캠벨은 이미 쉰을 바라보는 나이였다. 하지만 쇼는 그녀를 캐스팅할 것을 고집했고, 결국 둘은 사랑하는 사이가 되었다.

주지하다시피 이 작품은 예술가가 자신이 만들어 낸 작품과 사랑에 빠진다는 그리스 신화 「피그말리온」에서 그 제목과 모티프를 가져왔다. 키프로스 여성들은 아프로디테의 저주로 나그네에게 몸을 팔게 되고, 키프로스의 왕 피그말리온은 여성에 대한 혐오로 결혼을 할 수 없게 된다. 대신 피그말리온은 지상의 〈헤파이스토스〉라 불리는 솜씨로 상아를 이용해 아름다운 여인상을 만들고 갈라테이아라고 이름 붙인다. 그리고 지상의 어떤 여인보다도 아름다웠던 이 조각상을 사랑하게 된다. 아프로디테의 축일에 피그말리온은 여신에게 이 조각상 같은 여인과 결혼하게 해달라고 빈다. 아프로디테는 조각상을 살아 있는 여성이 되게 하고 둘은 결혼한다.

피그말리온 신화는 19세기 영국에서 매우 인기를 끌었다. 윌리엄 모리스의 시 「지구의 천국The Earthly

Paradise」뿐 아니라 W. S. 길버트Gilbert의 희곡 「피그말리온과 갈라테이아Pygmalion and Galatea」의 소재가 되기도 하였다. 이 신화와 유사한, 하류층 소녀가 은인의 도움으로 숙녀로 변신하는 이야기는 멜로드라마적 특성을 가미하면서 19세기 드라마의 유행 상품이 되었다. 하지만 노르웨이의 극작가 입센의 영향을 받은 쇼는 「피그말리온」에서 신분, 언어, 교육, 빈곤, 여성 등의 사회 문제를 본격적으로 극화한다. 또한 멜로드라마적 요소를 의도적으로 배제하고, 갈라테이아에 해당하는 일라이자가 자신을 숙녀로 변신시킨 피그말리온인 히긴스와 맺어지는 해피 엔드를 거부한다. 낭만적인 결말 대신에 이 극은 철저하게 문제를 분석하고, 문제에 대한 현실적 해결에 주목한다.

「피그말리온」은 먼저 꽃 파는 소녀의 신분 상승을 통해서 영국의 신분 제도의 문제점과 모순을 파헤친다. 20세기 초까지도 영국의 신분 제도는 유효했다. 세습 재산이 있는 영국의 상류층들은 직업을 갖는 대신, 각종 연회나 문화 행사 등에 참여하며 시간을 보냈다. 몰락한 귀족인 아인스포드 힐 가족도 생활비를 걱정해야 할 신세이지만, 연극 관람과 상류층 친지 방문을 빼놓지 않는다. 아들 프레디는 직업을 갖기 위한 어떤 준비도 갖추고 있지 않다. 상류층의 문제가 프레디를 통해서 드러난다면, 하류층의 문제는 둘리틀에 의해서 드러난다. 일라이자의 부친인 둘리틀은 지원을 받을 자격이 없는 소위 비보호대상 빈민이다. 남편이 없는 과부가 여기저기서 중복으로 지원을 받을 수 있는 것과는 달리, 비보호대상으로 분류된 그는 어떤 사회적 혜택도 받을 수 없다. 중산층이 주축이 된 비합리적인 사회 보장 제도 안에서 빈민 신분을 벗어날 수 있는 방법은 기적밖에 없다. 히긴스의 장난스러운 편지로 둘리틀은 막대한 유산 상속자가 되고, 졸지에 부자가 된 그를 통해서 이 극은 다시한 번, 영국 사회가 재산의 유무에 따라서 얼마나 다른 세상이 될 수 있는지를 보여 준다. 청소부일 때는 거들떠보지도 않던 많은 친척들뿐 아니라 의사, 변호사까지도 돈 많은 둘리틀에게 접근한다. 이 극은 또한 신분과 돈에 굴복하는 영국 사회가 신분도 없고 돈도 없는 꽃파는 소녀에게 속아 넘어가는 것을 통해서 신분 사회의 숭고함이 허울뿐임을 지적하고 있다. 불과 몇 달, 전문가에게 훈련받은 꽃 파는 소녀가 영국 사회 최상류층에게 왕족으로 인정받는다면, 신분 사회는 더 이상 신성불가침이 아니다. 그들이 믿는 혈통과 교양은 얼마든지 다른 것으로 대체될 수 있기 때문이다.

이 극의 또 다른 주제는 영국 사회의 신분을 고착화시키는 〈언어〉의 문제다. 일라이자가 길거리에서 꽃을 팔아 연명할 수밖에 없었던 이유는 그녀의 〈하류층 영어〉 때문이다. 입을 여는 순간, 그녀의 신분은 그대로 드러나고, 그녀는 그 낙인에서 벗어날 수 없는 것이다. 이는 교육의 문제와도 연관된다. 일라이자는 9년 동안 의무 교육을 받았음에도 불구하고 영어를 제대로 발음하지 못한다. 꽃집 점원이 되기 위해서조차 〈제대로 된〉 영어가 필요하지만 영국 교육은 그 일을 하지 못한다. 쇼는 이것이 교육의 문제이면서 동시에 발음 체계를 제대로 표기하지 못하는 영어 알파벳과 이를 연구하는 음성학의 문제라고 진단한다. 영국이 불합리한 신분 체제를 극복하고 진정한 〈하나의 사회〉가 되기 위해서는 언어의 문제를 해결해야 한다. 따라서 영어가 모든 영국인이 제대로 발음할 수 있는 언어가 되기 위해서 영국 사회에 진정으로 필요한 영웅은 음성학자이며, 학문은 음성학인 것이다. 쇼는 작품 서문에서 음성학자를 대중극의 주인공으로 만듦으로써 음성학이라는 학문에 대한 대중의 관심을 불러일으키고자 한다고 밝혔다. 그의 말에 따르면 그들은 외롭게 〈광야에서 울부짖고〉 있는 것이다.

「피그말리온」은 또한 영국의 빈곤 문제를 깊이 고민해 온 쇼의 작품답게 빈곤의 문제를 구체적으로 묘사한다. 일라이자의 숙소에는 난방도 온수도 없다. 추위를 피하기 위해서 그녀는 겉옷을 입은 채로 누더기가 덮여 있는 침대에 몸을 누인다. 히긴스의 집에 오기까지 그녀는 제대로 된 목욕을 해본 적도 없다. 빈곤층 소녀들은 9년의 의무 교육을 마치면, 바로 길거리로 나가 생계를 책임져야 한다. 빈곤층 중에서도 여성은 특히 취약한 존재다. 극의 도입부에서 히긴스를 경찰로 오해한 일라이자의 과민 반응은 약자에 대한 제도적, 비제도적 권력의 압박을 겨냥한 것이다.

쇼는 여성의 권리에 대해 깊은 관심을 보이며, 강하고 재능 있는 신여성 인물들을 여럿 창조해 냈는데 이 극에서 또한 그러하다. 일라이자는 미천하고 보잘것없는 꽃 파는 소녀이지만, 더 나은 존재가 되겠다는 강한 의지로 기적 같은 변신을 이루어 낸다. 제1막에서 비를 맞으며, 꽃 한 송이라도 더 팔기 위해 구차하게 대령에게 매달리던 소녀가 제5막에서는 자신을 숙녀로 만들어 준 히긴스에게 동등한 언어와 태도로 맞선다. 일라이자의 언어와 몸가짐의 변화보다 놀라운 것은 바로 정신의 변화다. 그녀는 자기 자신과 세상을 바라보는 성숙하고 폭넓은 시각을 드러낸다. 그녀는 숙녀의 언어와 몸가짐으로는 영국 사회에서 적극적인 경제 활동을 하기 어렵다는 것을 깨닫는다. 일라이자는 숙녀가 경제적으로 독립한다는 것이 불가능한 사회의 경제, 사회적 모순을 간파하고 처절하게 고민한다. 또한 그녀는 남녀 관계에 대한 이상적인 가치관을 제시한다. 그녀가 원하는 것은 자신을 존중해 주지 않는 히긴스가 아니다. 그녀는 자신을 재투성이에서 공주로 만들어 준 〈왕자〉 히긴스의 슬리퍼를 집어다 주는 대신, 자신을 추앙하는 프레디와 대등한 부부

관계를 구축하고자 한다. 그녀는 더 이상 피그말리온이 만들어 낸 갈라테이아가 아니라 창조자로부터 독립해 세상을 살아가는 신여성인 것이다.

쇼의 극에서 흔히 드러나는 단점, 즉 메시지로 인해 인물과 플롯이 희생되는 문제점을 「피그말리온」에서는 발견할 수 없다. 음성학과 교육, 신분 문제 등의 메시지가 분명하게 부각되면서도, 일라이자와 히긴스, 둘리틀 등은 등장인물로서의 설득력과 매력을 잃지 않는다. 관객은 그런 작품을 사랑했고, 이 극은 영미권뿐 아니라 프랑스, 러시아 등 전 유럽에서 사랑받았다. 또한 영화와 뮤지컬로 변신하면서 보다 많은 대중을 만나게 된다.

이 작품은 쇼의 작품 중 대중의 사랑을 가장 많이 받았으며 그만큼 많은 화제를 낳기도 했다. 특히 멜로드라마의 해피 엔드에 익숙한 배우와 관객, 연출자와 그것을 강하게 거부한 작가 사이의 갈등으로 많은 에피소드를 낳았다. 런던 초연 때 히긴스를 연기한 배우 비어봄 트리Beerbohm Tree는 작가의 지시를 거부하고, 극이 끝나기 직전 일라이자에게 꽃을 던짐으로써 사랑의 성공을 암시했다. 이에 분노한 쇼는 1916년, 일라이자가 왜 히긴스와 결혼할 수 없는지 밝히는 장문의 〈후일담〉을 작품에 추가했다. 그것은 과연 그 글이 설득력이 있느냐 없느냐 하는 것을 비롯해서 풍성한 화젯거리를 낳았다. 무대에서 큰 성공을 거둔 이 작품은 뒤이어 영화와 뮤지컬로 만들어지면서 작가의 의도와 달리 변형을 겪게 되고, 이 또한 학계와 문화계의 화제가 되었다.

이 작품은 1938년 영화화되어, 쇼에게 아카데미 각본상을 안겨 주었다. 1938년에 상영된 영화의 대본에 쇼는 직접 참여했다. 볼거리를 풍성하게 하는 새로운 장면들과 새로운 인물들이 추가되었다. 일라이자가 공주로 인정받게 되는 파티 장면은 화려하게 연출되었다. 하지만 영화 프로듀서인 게이브리얼 파스칼Gabriel Pascal 은 프레디와 일라이자가 꽃집에 있는 것으로 영화를 마무리하라는 쇼의 대본을 무시하고, 일라이자가 히긴스에게 돌아가 슬리퍼를 집어 주는 것으로 끝을 맺었다. 그 사실을 알지 못했던 쇼는 당연히 놀랐겠지만, 아카데미 각본상을 거부하지는 않았다. 하지만 쇼는 1941년, 〈영화판*The Screen Version*〉이란 이름으로 작품의 개정판을 출판하면서, 히긴스가 일라이자와 프레디의 결합을 언급하는 것으로 작품의 끝을 맺었다. 이 〈영화판〉은 영화 시나리오와는 많은 차이를 보였지만, 초판과는 지문과 설명을 추가하는 정도밖에는 차이가 나지 않았다. 이후 〈영화판〉이 「피그말리온」의 공식 판본이 된다.

쇼의 사후인 1956년에 「마이 페어 레이디My Fair Lady」란 제목으로 만들어진 브로드웨이 뮤지컬(렉스 해리슨Rex Harrison, 줄리 앤드류스Julie Andrews 주연) 또한 히긴스와 일라이자의 결합을 강하게 암시하는 것으로 끝을 맺는다. 히긴스는 「나는 그녀의 얼굴에 익숙해졌어I've Grown Accustomed to Her Face」라는 노래로 일라이자에 대한 감정을 드러내기도 한다. 브로드웨이 뮤지컬은 비록 쇼의 의도와는 동떨어져 있지만 공전의 히트를 기록했다. 비평가들로부터 〈완전한 뮤지컬〉이라는 평을 들으며 뮤지컬의 장기 공연 기록을 경신했다.

뮤지컬은 1964년에 오드리 헵번 주연의 영화로도 제작돼 전 세계에 널리 알려지게 되었다. 줄리 앤드류스 대신 주연을 차지한 오드리 헵번은 노래를 잘하지 못해 더빙을 해야 했지만, 전 세계의 관객은 그녀의 매력에 매료되었다. 영화는 아카데미 영화제에서 최우수 영화상, 남우주연상, 감독상 등 8개의 상을 수상했다. 뮤지컬은 꾸준히 리바이벌되었다. 2001년에는 런던의 웨스트엔드에서 재상연되어 올리비에 연극상에서 남녀 주연상, 작품상을 수상한 바 있다. 한편 2008년, 콜럼비아 영화사는 「마이 페어 레이디」를 새롭게 영화화할 것임을 발표했으며, 연극 「피그말리온」 또한 꾸준히 상연되고 있다.

쇼와 「피그말리온」은 영국 연극에 있어서 셰익스피어 이후 최고의 극작가이며, 최고의 히트 상품이라고 할 수 있다. 쇼를 통해서 영국의 극작가들은 희곡 또한 소설 못지않게 문학의 한 장르로 대접받고, 대중의 사랑을 받을 수 있음을 확인했다. 후배들에게 희곡의 가능성을 제시했다는 것만으로도 쇼의 역할은 지대하다. 또한 「피그말리온」은 사회적 메시지와 오락성 그리고 흥행성이 별개의 것이 아님을 증명한다. 더 나아지려는 한 소녀의 열망과 그 가능성을 보여 준 이 극은, 시대가 바뀌고 문제가 해결되었다고 하더라도, 변화와 발전을 꿈꾸는 관객들 곁에 늘 함께할 것이다.

김소임

조지 버나드 쇼 연보

1856년 ^{출생} 7월 16일 아일랜드의 수도 더블린에서 태어남.

1876년 ^{20세} 영국의 수도 런던으로 이주하고, 최초의 대필 음악 비평문을 출판함.

1879년 ^{23세} 초창기의 실패한 다섯 소설 중 첫 번째인 『미성숙 *Immaturity*』을 집필. 이 소설은 1931년이 되어서야 출판됨.

1882~1883년 ^{26~27세} 두 번째 소설 『캐셜 바이런의 직업 *Cashel Byron's Profession*』을 집필. 이 소설은 1886년에야 출판됨.

1884년 ^{28세} 〈페이비언 협회〉 설립에 참여함.

1886년 ^{30세} 『세계 *The World*』에 미술 비평문을 기고하기 시작함.

1889년 ^{33세} 「사회주의에 대한 페이비언적 연구 Fabian Essays in Socialism」 집필에 참여함.

1891년 ^{35세} 노르웨이의 극작가 헨리크 입센 연구서인 『입센주의의 정수 *The Quintessence of Ibsenism*』 출판.

1892년 ^{36세} 첫 번째 희곡 「홀아비의 집 Widowers' Houses」 초연.

1893년 ^{37세} 「워렌 부인의 직업 Mrs. Warren's Profession」 집필.

하지만 검열에 의해 1902년까지 공연이 거부됨.

1894년 38세 「무기와 인간Arms and the Man」 초연.

1895년 39세 『새터데이 리뷰*Saturday Review*』에 연극 비평을 쓰기 시작함.

1897년 41세 「캔디다Candida」와 「악마의 제자The Devil's Disciple」 초연.

1898년 42세 자신의 희곡을 두 종류로 분류해서 『유쾌한 극과 유쾌하지 않은 극*Plays Pleasant and Unpleasant*』으로 출판. 리하르트 바그너Richard Wagner 평전 『완전한 바그너주의자*The Perfect Wagnerite*』 출판. 아일랜드 출신 상속녀이면서 페이비언 협회 회원인 샬럿 페인–타운젠드Charlotte Payne–Townshend와 결혼. 부인이 자녀를 원하지 않았기에 평생 부부 관계를 갖지 않았다고 함.

1899년 43세 「카이사르와 클레오파트라Caesar and Cleopatra」, 「브래스바운드 대위의 개종Captain Brassbound's Conversion」 초연. 「카이사르와 클레오파트라」는 여배우 패트릭 (스텔라) 캠벨 부인Mrs. Patrick (Stella) Campbell을 위해서 집필했음.

1901년 45세 「악마의 제자」, 「카이사르와 클레오파트라」, 「브래스바운드 대위의 개종」을 『청교도인을 위한 세 개의 희곡*Three Plays for Puritans*』이란 제목으로 출판.

1904년 48세 「존 불의 다른 섬John Bull's Other Island」 초연.

1905년 49세 「인간과 초인Man and Superman」, 「바버라 소령 Major Barbara」 초연.

1906년 50세 「의사의 딜레마The Doctor's Dilemma」 초연.

1913년 57세 독일 함부르크에서 「안드로클레스와 사자Androcles and the Lion」 초연. 오스트리아의 빈에서 「피그말리온Pygmalion」

초연. 여배우 스텔라 캠벨과 사랑에 빠짐.

1914년 58세 「피그말리온」런던에서 초연. 10대 소녀인 일라이자의 역할을 49세인 스텔라 캠벨이 맡음.

1920년 64세 뉴욕에서 「상심의 집Heartbreak House」초연.

1921년 65세 뉴욕에서 「므두셀라로 돌아가라Back to Methuselah」초연.

1923년 67세 뉴욕에서 「성녀 조앤Saint Joan」초연.

1925년 69세 노벨 문학상 수상.

1928년 72세 『지성적인 여성을 위한 사회주의와 자본주의에 대한 지침서*The Intelligent Woman's Guide to Socialism and Capitalism*』출판.

1929년 73세 「사과 수레The Apple Cart」초연.

1936년 80세 「백만장자 여성The Millionairess」초연.

1938년 82세 앤서니 애스퀴스Anthony Asquith 연출, 레슬리 하워드Leslie Howard, 웬디 힐러Wendy Hiller 주연으로 영화 「피그말리온」상영. 쇼는 영화 시나리오에 참여, 1939년 아카데미상을 수상함.

1943년 87세 부인 샬럿 사망.

1944년 88세 『일반인을 위한 진짜 정치 이야기*Everybody's Political What's What*』출판.

1949년 93세 인형극인 「셰익스 대 셔브Shakes versus Shav」초연.

1950년 94세 헤리퍼드셔Herefordshire의 자택 정원에서 가지치기를 하다 넘어진 후, 11월 2일 사망.

열린책들 세계문학 176 피그말리온

옮긴이 김소임 이화여자대학교에서 영어영문학을 공부하고 미국 위스콘신 주립 대학(매디슨)에서 영문학 석사, 에모리 대학교에서 사무엘 베케트 연구로 영문학 박사 학위를 받았다. 2011년 현재 건국대학교 영어영문학부 교수로 재직 중이다. 지은 책으로 『사무엘 베케트』가 있고, 공저로는 『아일랜드, 아일랜드: 아일랜드로 가는 연극 여행』, 『연극의 이해』, 『영국 르네상스 드라마의 세계』, 『영문학으로 문화 읽기』, 『현대 영어권 극작가 15인』, 『그리스·로마극의 세계 1』 등이 있으며, 옮긴 책으로 해롤드 핀터의 『귀향』, 아놀드 웨스커의 『부엌』, 테너시 윌리엄스의 『욕망이라는 이름의 전차』, 『양철 지붕 위의 고양이/유리 동물원』 등이 있다.

지은이 조지 버나드 쇼 **옮긴이** 김소임 **발행인** 홍예빈
발행처 주식회사 열린책들 **주소** 경기도 파주시 문발로 253 파주출판도시
전화 031-955-4000 **팩스** 031-955-4004
홈페이지 www.openbooks.co.kr **이메일** literature@openbooks.co.kr
Copyright (C) 주식회사 열린책들, 2011, *Printed in Korea.*
ISBN 978-89-329-1176-2 04840 **ISBN** 978-89-329-1499-2 (세트)
발행일 2011년 6월 30일 세계문학판 1쇄 2025년 4월 20일 세계문학판 19쇄

이 도서의 국립중앙도서관 출판예정도서목록(CIP)은 서지정보유통지원시스템 홈페이지(http://seoji.nl.go.kr)와 국가자료공동목록시스템(http://www.nl.go.kr/kolisnet)에서 이용하실 수 있습니다.(CIP제어번호:CIP2011002507)

열린책들 세계문학
Open Books World Literature